對類卷之十八

〇卦名門

〔字〕〇謙益第一

〔平〕謙乾坤離屯蒙需
師隨臨豐頤咸恒
睽升
〔仄〕益比履泰否豫蠱
觀賁剥復過坎遯
晉蹇解損夬姤萃
困井革有訟鼎震

艮漸旅巽兑渙節

〇爻彖第二

〔平〕爻辭著名經奇幾
〔仄〕彖象辨畫傳卦變
數策耦

〇剛順第三

〔平〕剛元亨神
〔仄〕順悔吝利得失吉
咎動靜

〇占卜第四

〔平〕占通參重推
〔仄〕卜揲掛變化斷闔

卦類卷之十八

卦名門

○論名第一

謙乾坤離屯蒙需
師隨臨豐頤咸恒
睽升
益比履泰否豫蠱
觀賁剝復過大遯
晉蹇解損夬姤萃
困井革有訟鼎震
艮衛旅巽兌渙節

○爻象第二

文辭警名經奇幾
彖象辭畫傳卦變
數策總

○問順第三

問元凶亨神
順悔吝利得大吉
咎動靜

○占卜第四

占通參重推
卜辨卦變化索圖

闢　定　扐

【二字】。乾坤否泰第五

【平】乾坤　屯蒙　咸恒

【上仄】渙離

【仄】否泰　剝復　損益

【上平】豐泰

。中孚大觀第六

【平】中孚　重離　重乾　重坤　純乾　純坤　同人　明夷

童蒙　勞謙　明離

【上仄】困蒙　久恒

【仄】大觀　正觀　大有　大壯　大過　小過　既濟　未濟

大畜　小畜　帛賁　坦履　健訟　習坎　洊震　苦節

【上平】重坎　重震　重艮　无妄　嘉遯　甘節　交泰　開泰

休復

【天文】。屯雲解雨第七

【平】屯雲　屯光　屯雷　坤霜　隨雷　頤雷　豐雷　需雲

乾雲　乾天　恒雷

【上仄】復雷　解雷　益雷　震雷　畜雲　畜風　益風　遇風

震風　觀風　巽風　渙風　履霜　壯雷　豫雷

【仄】解雨　節雨　遇雨　夬雨　畜雨　蠱日　濟日　震電

【上平】離月　離日　離電　恒雨　豐日　豐電　睽雨　恒月

離照　豐斗

。乾陽晉晝第八

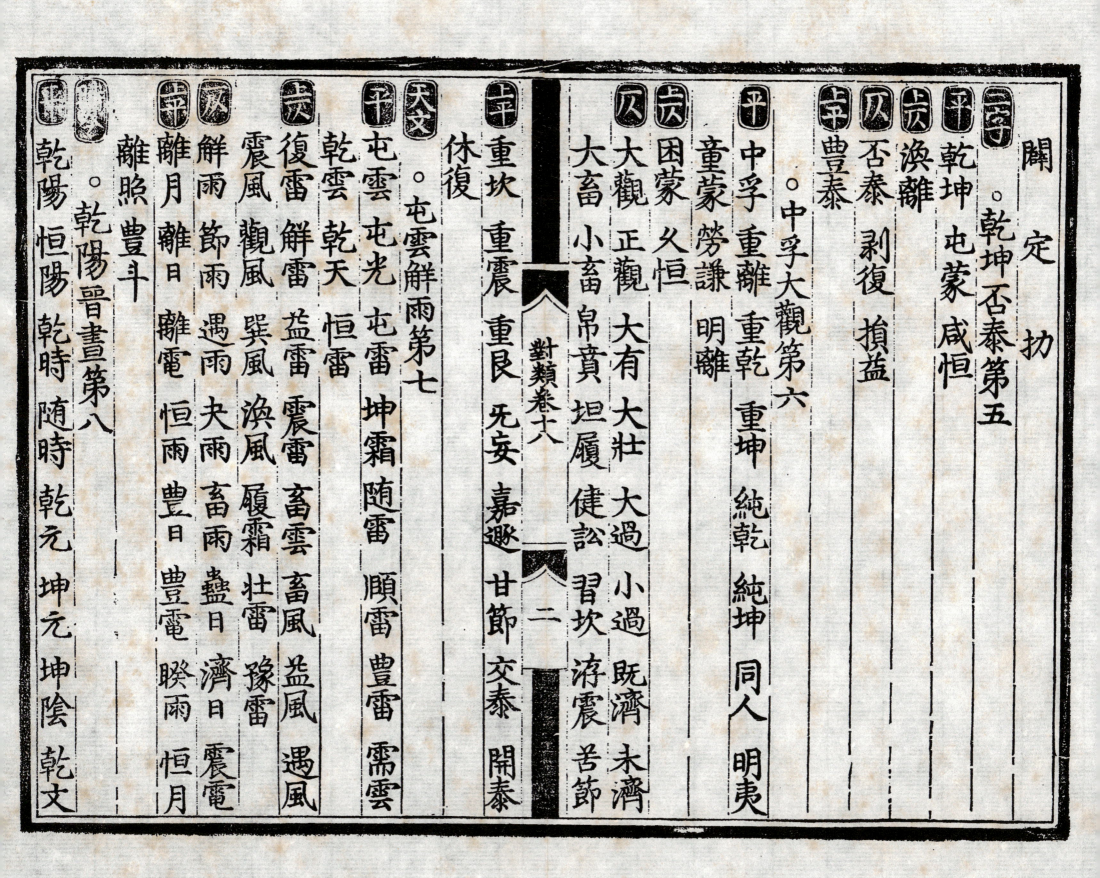

【上平】乾陽　恒陽　乾時　隨時　乾元　坤元　坤陰　乾文

開　完　功

○乾坤否泰第五

乾坤　屯蒙　咸恒

渙離

否泰　剝復　損益

豐泰

○中孚大觀第六

中孚　重離　重乾　重坤　純乾　純坤　同人　明夷

童蒙　孚　謙　明夷

困蒙　久恒

大觀　正觀　大有　大壯　大過　小過　既濟　未濟

大畜　小畜　賁　頤　訟　坎　震　苦節

重坎　重震　重艮　无妄　嘉遯　甘節　交泰　開泰

休復

○屯雲解雨第七

屯雲　屯光　屯雷　坤雷　隨雷　頤雷　豐雷　需雲

乾雲　乾天　恒雷

復雷　解雷　益雷　震雷　畜雲　畜風　益風　遇風

震風　觀風　巽風　渙風　頤霜　壯雷　豫雷　震雷

解雨　節雨　遇雨　大雨　富雨　蠱月　濟日

離月　離日　離雪　恒雨　豐日　豐雪　睽雨　恒月

離渙　豐牛

○乾陽晉書第八

乾陽　恒陽　乾姤　隨　晉　乾之　坤之　坤陰　乾文

【上仄】泰陰 泰陽 剥陰 剥陽 否陰 過時 觀時
【仄】晉晝 賁火 革火 萃火 鼎火
【上平】離火

【地理】○謙山艮石第九

【平】謙山 蒙泉 咸池 臨淵 隨波 乾淵
【上仄】艮山 震塗 坎川 節流 畜川 萃淵 泰河
【仄】艮石 井地 坎水 井水 蹇水 兑澤 震澤 損澤
節澤 坎澤 困澤 蹇淺
【上平】坤地 坤域 坤野 坤水 豐澤 豐沛 乾水 師水

【花木】○屯林井木第十

【平】屯林
【上仄】困藜 遇瓜 否桒 困株 鼎梅 泰茅 否茅

【仄】井木 巽木 漸木 困木 渙木 履木 剥果 艮果
井李 震竹 震葦 坎棘 夬莧 解果
【上平】升木 乾木 坤木 乾果 乾榦 離菰 屯草 坎草
豐芑 蒙果

【鳥獸】○乾龍震馬第十一

【平】乾龍 坤龍 坤牛 離牛 離龜 離鴻 離蛙 孚魚
孚豚
【上仄】震龍 濟牛 旅牛 益龜 巽雞 漸鴻 濟狐 比禽
兑羊 壯羝
【仄】震馬 晉馬 坎豕 鼎雉 鼎象 艮狗 艮鼠 革虎
履虎 井鮒 過馬 泰象 解隼
【上平】乾馬 坤馬 屯豕 離雉 離蟹 離鱉 乾象 睽豕

乾馬 坤馬 屯水 離雉 離雉 乾象 頤豕

頤虎 井魚 過鳥 泰象 離羊

震馬 晉馬 坎水 鼎雉 鼎象 艮狗 艮鼠 革虎

兌羊 壯猴 旅牛 益龜 巽雞 漸鴻 濟狐 比會

震豬 濟牛 旅牛 益龜 巽雞 漸鴻 濟狐 比會

兌豕 豚

乾龍 坤牛 坤牛 離牛 離龜 離鴻 離雉 兌魚

。乾龍震馬第十一

豐屯 蒙果

井木 乾木 坤木 乾果 乾牀 離林 屯草 坎草

井木 震竹 震葦 坎棘 夬莧 解果

井木 巽木 漸木 困木 渙木 爲木 剝果 艮果

困象 遯石 否桑 困林 鼎梅 泰芳 否芳

屯林

。屯林井木第十

坤比 坤坎 坤野 坤水 豐澤 豐沛 乾木 師水

節澤 坎澤 困澤 坎渙 需水 兌澤 震澤 損澤

艮石 井地 坎水 井水 需水 兌澤 震澤 損澤

謙山 蒙山 艮石 咸池 臨淵 隨波 泰河 乾淵

。謙山艮石第九

離火 晉盡 賁火 革火 萃火 鼎火

泰陰 泰陽 剝陰 剝陽 否陰 過時 豐時

屯鹿

宮室 ○乾門節戶十二

平 乾門 隨門 坤門 同門 夷門 乾關 蒙家 咸居 乾居 睽居

上仄 艮門 節門 艮庭 夬庭 剥廬 泰階 觀闕 復門 革居 履居

仄 節戶 節闢 艮闕 泰宇 壯宇 萃廟 渙廟 履廟

上平 坤戶 乾戶 乾闢 坤閭 豐屋

器用 ○睽孤解矢十三

平 睽孤 坤輿 師輿 睽車 離衡 孚舟 乾圜

上仄 坎弓 震規 畜輿 剥輿 壯輿 坎輪 濟輪 巽權 坎權 剥床

仄 解矢 巽斧 震器 萃器 震鬯 坎缶 比缶 坎籃 損籃 井甕 渙机 坎鼓 兑矩 旅矢

上平 離矢 離甲 離胄 離缶 孚鼓 睽矢 謙柄

衣服 ○乾衣革舄十四

平 乾衣 坤裳 坤囊 豐衣

上仄 濟衣 濟繻 濟袽

仄 革舄 井幎 困紱 訟帶

上平 恒服 坤履 坤布

聲色 ○隨聲震響十五

平 隨聲

上仄 革音

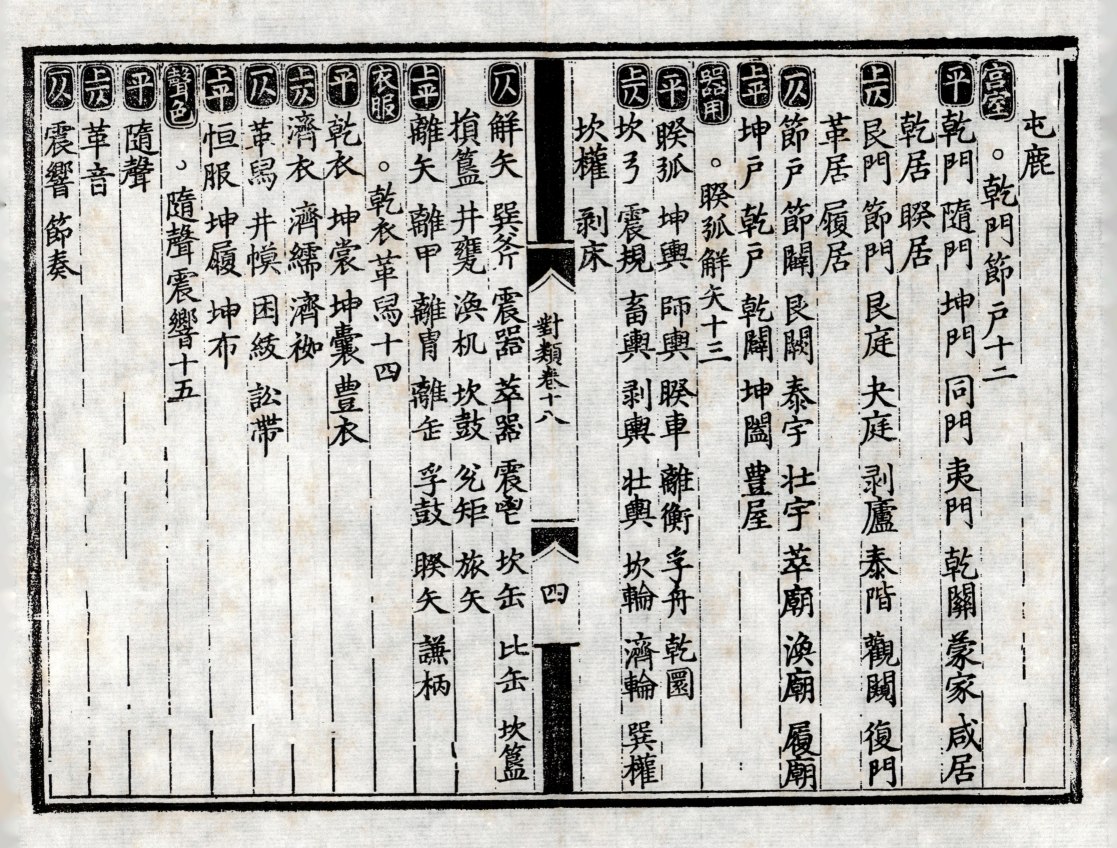

仄 震響 節奏

〔入〕震響節泰

〔上去〕革音

〔平〕隨聲

〔陰平〕、隨濟革震響十五

〔上平〕恒豚坤豐坤布

〔入〕革恩井漸困渙訟帶

〔去入〕濟本濟歸濟渙

〔平〕乾本坤蒙坤蒙豐本

〔陰陽〕。乾本革恩十四

〔上平〕離夫離甲離育離主孚鼓豚夫離栢

損蠱井遵渙机坎鼓兑年旅夫坎去

〔入〕解夬巽夺震器萃器震中坎去比去坎蠱

坎離剝來

〔上去〕坎ミ震巽吉與剝與壯與坎輪齊輪巽權

〔平〕豚豚坤與師與豚車離衝孚并乾圖

〔陰陽〕。豚豚解夬十三

〔上平〕坤卜乾卜乾關坤臨豐屋

〔入〕節卜節關艮關泰字壯字萃廟渙廟震廟

革居震居

〔上去〕艮門節門艮庭大庭剝廬泰階觀闕復門

乾居豚居

〔平〕乾門隨門坤門同門隶門乾闕家家啟居

〔陰陽〕。乾門節卜十二

屯齊

○離明賁火十六

〔平〕離明 謙光

〔去〕畜輝

〔仄〕賁火 晉照 萃火

〔去平〕豐照 乾燥

〔珍寶〕○乾金鼎玉十七

〔平〕乾金 乾璇 乾精 坤珍

〔仄〕鼎玉 鼎鉉

〔去平〕乾玉

〔飲食〕○屯膏鼎肉十八

〔平〕屯膏 恒羞

〔去仄〕鼎烹 遯肥

〔仄〕鼎肉 噬肉 井食 鼎食 濟酒 坎酒 鼎餗 鼎飫

〔去平〕頤食 需食 頤飲 需宴 需酒

妄藥

〔人物〕○乾君泰后十九

〔平〕乾君 坤臣 蒙童 乾男 家人 坤朋 恒師 離兵

〔去仄〕震男 坎男 艮男 益朋 兑朋 蹇朋 蹇臣 豫師

益兵

〔仄〕泰后 震子 蠱子 兑女 巽女 漸女 兑妾 益衆

濟衆

〔去平〕乾父 坤母 蒙稚 離女 坤女 師衆

〔人事〕○臨民畜衆二十

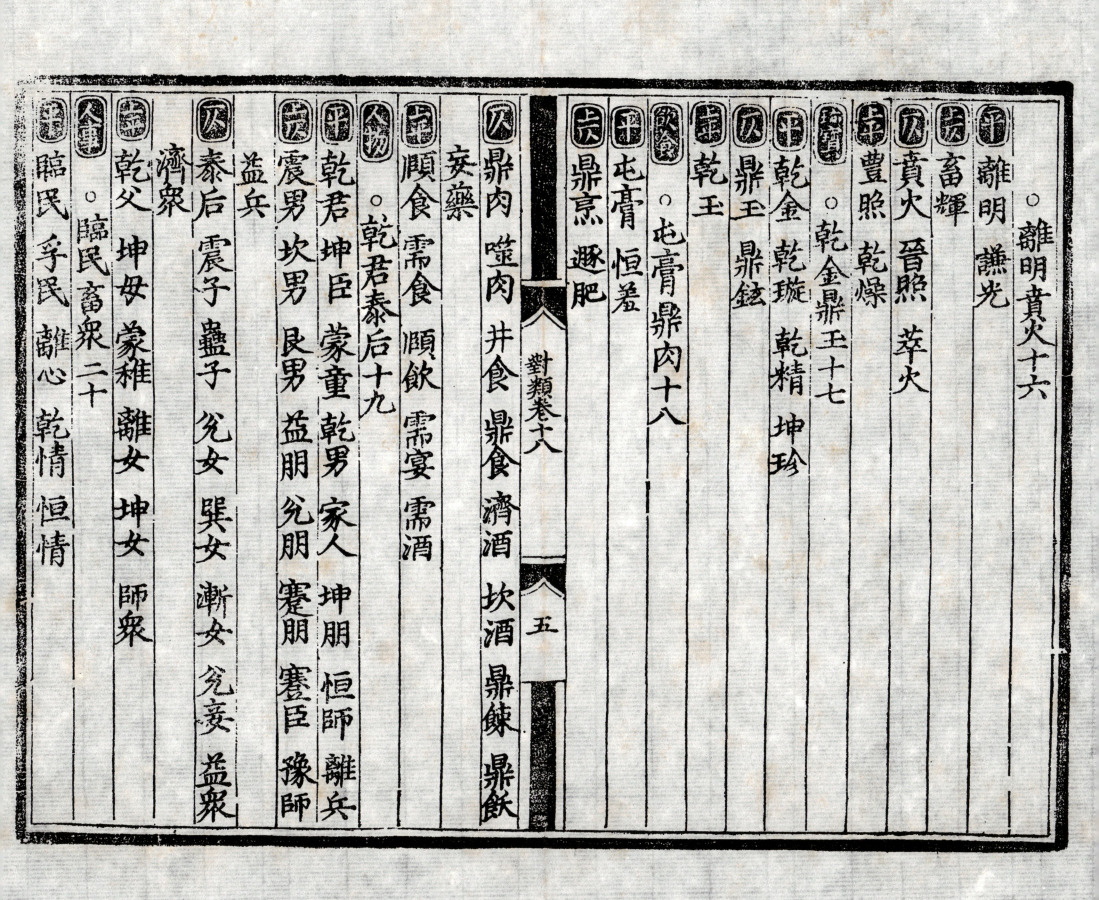

〔平〕臨民 孚民 離心 乾情 恒情

【去】剝民

【入】畜衆　濟衆　益衆　節性　節慾　損慾　損忿

【上】乾性　恒性

【身體】○恒心兌口二十一

【平】恒心　豐肱　屯膏

【去】艮身　革心　剝膚　巽聰

【入】兌口　鼎足　鼎耳　剝足　巽耳　巽目　震足　兌舌
艮趾　鼎趾　渙汗　巽股　艮手　震顙　巽顙　巽髮
渙血　坎血　革面　遯尾　艮背　坎耳　巽命　革命

【上】離目　乾首　咸股　咸口　離腹　坤腹　咸頰　咸舌
乾命　夷腹　夷股　頤口

【通用】○乾旋震動二十二

【平】乾旋　乾爲　乾行　坤爲　需須　升闐

【去】泰通　泰來　泰開　泰交　復回　夬場　革孚　震來
震驚　巽申

【入】震動　豫動　晉進　解散　夬決　萃聚　革變　鼎固
震起　震厲　剝盡　渙散　否塞　否極　漸進　艮止
賁飾

【上】坤轉　坤戴　坤闔　乾動　離麗　坤靜　蒙養　頤養
咸感　謙牧　乾覆　乾施　乾造

○乾剛巽順二十三

【平】乾剛　乾亨　蒙亨　坤方　需亨　謙卑　隨宜　咸亨
睽乖　豐宜

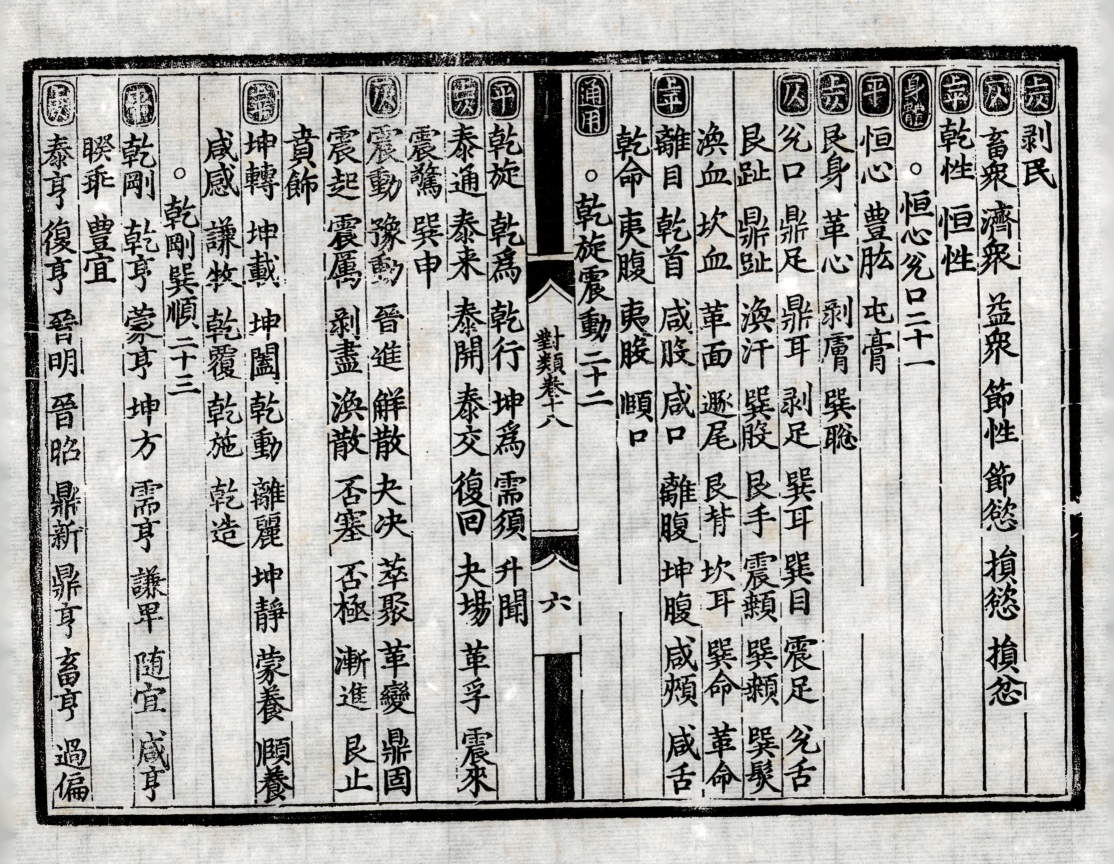

【去】泰亨　復亨　晉明　晉昭　鼎新　鼎亨　畜亨　過偏

泰賁蠱 晉明 晉臨 鼎漸 鼎革 旣濟
睽乾 豐宜
乾剛 乾亨 兌其 坤方 需亨 謙乎 隨宜 遯亨
○乾四巽類二十三
咸履 謙旅 乾施 乾咎
坤轉 坤載 坤圖 乾動 坤靜 坤養 頤養
賁師
震從 震屬 剝盡 渙散 否塞 否極 漸進 艮止
震動 渙動 晉進 解散 大夬 萃聚 革變 鼎固
震驚 巽中
泰通 泰未 泰開 泰交 復回 大壯 革字 震來
乾施 乾爲 乾行 坤爲 需須 升開

○乾旅震類二十二
乾命 兼頤 兼頤 頤口
離目 乾首 咸股 咸口 離頤 坤頤 咸頤 咸吉
渙血 大血 革面 遯尾 艮背 坎耳 巽命 革命
艮趾 鼎趾 渙汗 巽股 艮手 震頭 巽頭 巽襲
兌口 鼎耳 鼎足 剝足 巽耳 巽目 震足 兌舌
艮鼻 革心 剝膚 巽股
恒心 豐肱 屯膏
○恒心兌口二十一
乾性 恒性
晉來 濟來 益來 節性 節欲 損欲 損忿
剝反

對類卷之十八

過差 泰平

【仄】巽順 豫順 履坦 坎險 蹇難 益裕 革故 巽直

兑説

【平】坤順 坤厚 屯難 恒久 豊大 豊直 豊美 睽異

乾健 乾粹

【三字】○乾爲天坤法地二十四

【平】乾爲天 乾為君 巽為風 艮為山 震為雷 乾為龍

震為塗 震為男

【仄】坤法地 乾稱父 坎為水 巽為女 兑為澤 離為火

離為日 坤稱母

○山水蒙地天泰二十五

【平】山水蒙 地山謙 地澤臨 山雷頤 澤山咸 水天需

澤雷隨 水雷屯 地水師

【仄】地天泰 天澤履 天水訟 山火賁 地雷復 火地晉

雷水解 風雷益 山澤損 天地否

【四字】○坤母震男乾君巽長二十六

【平】坤母震男 巽女震男

【仄】乾君巽長 乾父坤母 乾男坤女

○否極泰来乾旋坤轉二十七

【平】否極泰来 剝盡復回 損剛益柔 乾清坤夷 乾尊坤卑

否塞泰通

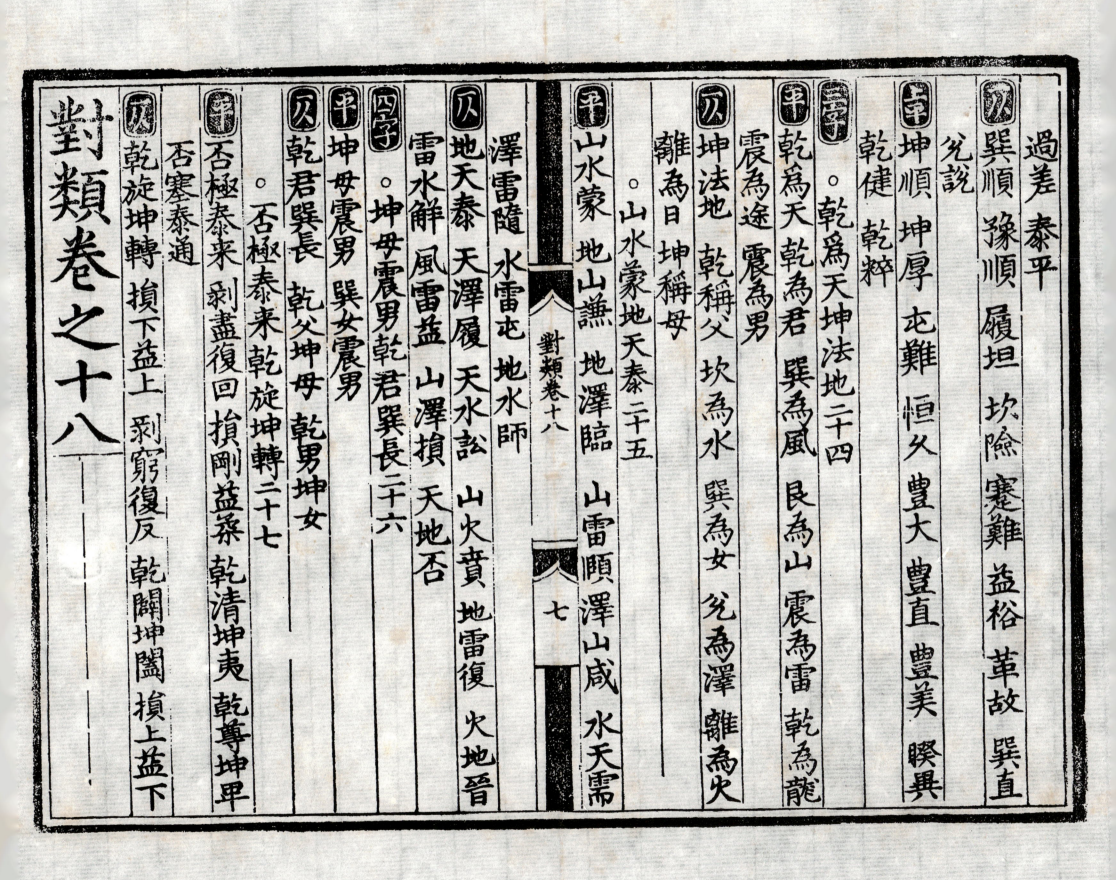

【仄】乾旋坤轉 損下益上 剝窮復反 乾闢坤闔 損上益下

讀類卷之十八

乾旋坤轉 損下益上 剝窮復反 乾闢坤闔 損上益下

否塞泰通

否極泰來 剝盡復回 損酬益報 乾清坤夷 乾尊坤卑

○否極泰來乾旋坤轉二十

乾君巽長 乾父坤母 乾男坤女

坤母震男 巽女震男

○坤母震男乾君巽長二十六

雷水解 風雷益 山澤損 天地否

地天泰 天澤履 天水訟 山火賁 地雷復 火地晉

澤雷隨 水雷屯 地水師

山水蒙 地山謙 地澤臨 山雷頤 澤山咸 水天需

○山水蒙地天泰二十五

離為日 坤為母

坤為地 乾為父 坎為水 巽為女 兌為澤 離為火

震為雷 震為男

乾為天 乾為首 巽為風 艮為山 震為雷 乾為龍

○乾為天坤為地二十四

乾健 乾始

坤順 坤厚 坎難 恒久 豐大 豐直 豐美 睽異

兌說

巽順 謙順 履和 坎險 蹇難 益裕 革故 巽直

過差 泰平

對類卷之十九

通用門

一字 ○高遠第一

平 高在上日高 崇高也 層重也 遥遠也 巍高也 遼遠也 洪大也

虛字 死

榮華也 深厚也 濃濃厚 繁多也 新初也 鮮新也 纖小也

微微小 輕輕微 嬌媚也 明光明 清澄清 澄澄澈 低卑也

垂垂下 疎稀疎 甘好也 長脩也 番蕃茂 遲遲緩 團團圓

和柔和 暄和也 堅堅勁 狂狂[illegible]也 驚懼也 荒蕪也 斜横斜

殘凋殘 餘殘也 閑靜也 佳[illegible]也 喬高也 奇好也 妍妍好

空空虛 良好也 重重疊 幽静[illegible]也 窮盡也 華華麗 危高也

嚴肅也 肥壯也 平平正 横縱横

仄 遠遼遠 大洪大 厚深厚 重厚重 積積累 麗華麗 列森列

好美好 密稠密 亂紛亂 細細小 小微細 薄微薄 淡淡薄

皎光皎 廣大也 嫩柔嫩 闊廣闊 古多年 老古老 邃深邃

近淺近 急速也 絶好也 瘦瘦削 滿盈也 久長也 勝好也

斷不連 永長也 弱柔弱 妙好也 軟柔軟 勁勁直 直不曲

曲彎也 故舊也 舊故舊 敗彫敗 暗不明 暝暗也 美好也

肅嚴肅 猛狂也 暴猛也 疾速也 驟大也 畏怕也 迅速也

淨潔也 碎破也 盡窮也 逼逼迫 短不長 靜寂靜 晏遲晏

亮明亮 燦光燦 壯大也

○同異第二

平 同會同 無安有 猶更有 何曷也 常久也

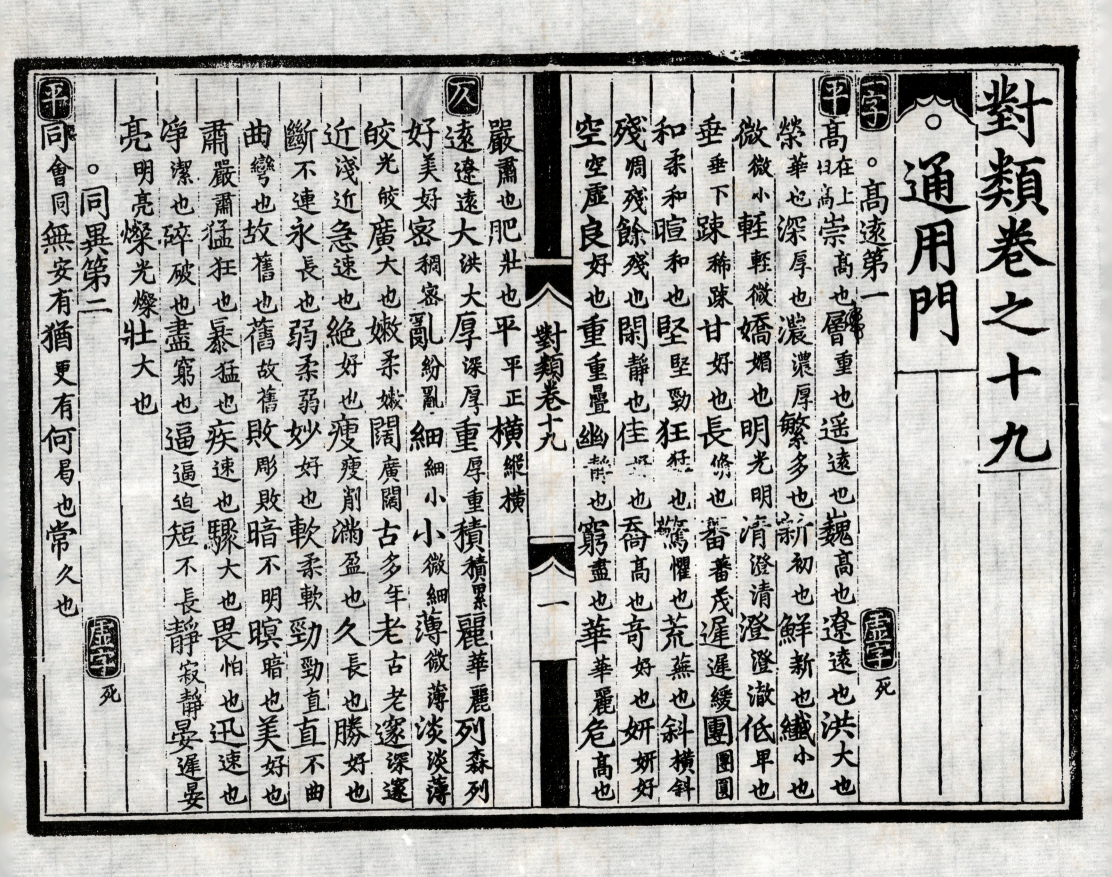

虛字 死

【仄】異不同有豈無愈益也是成也遍遍盡已止也略簡略
【平】來至也行流行移徙也吹噓也噓吹噓飄飄揚搖動搖
。來去第三　【虛字】活
旋周旋歸回也流流行臨近也穿穿射侵侵逼篩遍也
驅驅馳逐催催起飛飛落除開除堆堆積沾沾濡凝凝結也
盤盤環環環遶圍圍遶藏收藏埋埋藏回回還開折也
粧粧束舒開也粘粘貼鋪鋪貼從隨也迷迷遮遮掩也
翔飛翔騰升也昇上也興起也鳴聲也號聲也吟聲也
涵涵泳消消散融消融垂俯也含包含敲打也翻轉也
蟠遶也浮泛也欺欺凌摧摧挫沉没也彫零也排列也
遊戲也潛藏也掀掀開依傍也傾傾瀉封封鎖眠臥也
歌唱也言語也馳驅馳留住也停住也張展也隨趁也

喧鬧也呼喚也奔走也栽製也傳遍也持扶持携携持
施用也分拆也揚揚播披開也求索也觀看也搜搜尋
成成就通達也連接也
【仄】去往也拂披拂動搖動撼搖撼扇搖扇擺搖擺攪攪動
曝曬也運動也度過也往去也過過去送送來逝逝送
遣遣去照照臨映隱映入穿入出上也透通透貼鋪也
疊重疊逐馳逐掃掃蕩斂收斂障遮障帶映帶積積聚
聚集也擁擁起結凝結合會聚捲收捲潤滋潤浸浸潤
掩閉也閉閉塞鎖關鎖蔽遮蔽罩籠罩濕滋潤轉轉旋
上升也起與起洒飄洒滴滴下濺水濺洗濯也沐洗沐
舞飛舞擊打也挫摧挫墜落也解散也散開散破開也
布展布打擊也褪落也謝落也脫落也舞回翔下落也

布布打鋪也跌落也舞回翻下落也
舞舞擊打也扶摧墜落也解散也散開散林也
上升也在與在酒灑酒滴滴下激木激泛濯也林泛流
撿閱也閱閱寒在鎖關鎖放通散冒籠冒漏散開潤轉轉旋
聚集也擁擁在結結合會聚聚收撩圍濱圍浸浸圍
疊重疊承摺叙收敘章障章帶映帶積積聚
遺遺去照照臨映映隱映入出入出上也透透溜透通透遍貼遍也
曬曬也運動也度過也往去也過過去送送來遍遍
仄 去往也佛佛動佛動擁攏稀稀攏攏攏
放成就通達也連經也
施用也分分折也揚揚播披開也求要也觀看也披披
宣開也宣揚本布也發發舞也傳通也播散播

敷陳也言語也顯顯留住也停住也張展也開展也
遊散也藏散開依依也頒頒屬分頒寫
播遍也涉傳也取取沒攤擁牽汲汲也
流流流溜溜散傳含也宣
翔飛翔飛升也昇上也興起也隨舞
往往來往開也
盤盤環環圓圓迴回
翻翻旋
旋周旋歸回也流流行
平 來至也行行
○來去第三
仄 異不同有會

冒覆也振動也落墜也墮落也睡寐也泛浮泛息歇也
喜悅也捲收也刺刺出亞次也卧眠也逐趁逐笑歡聲
語言語隱朕隱戀貪也至到也到至也赴隨去飾粧飾
捕採捕咬咬嚼剪刀裁剪刀綴粧綴掛弔掛傍依也染粧染
遶圍遶鬪爭也踏踐踏

○如似第四 虛字 死

平 如相似齊等也侔合也俱皆也殊異也疑疑似同相並
仄 似如也若如也比並也擬準擬類比類訝疑訝

○乎也第五 虛字 死

平 乎疑辭歟同上夫發辭語如而也諸之也於于也于於也
哉言之間也茲此也之助語而句端之辭其指狀之辭兮語所稽也然如此
焉結辭語旃之也邪

仄 也辭之終也者別事之辭爾詞之所然耳同上矣已語之辭終以用也
止停也此止也是此也彼對此之稱乃辭之緩也則助語厥其也
若如也

○初乍第六 虛字 死

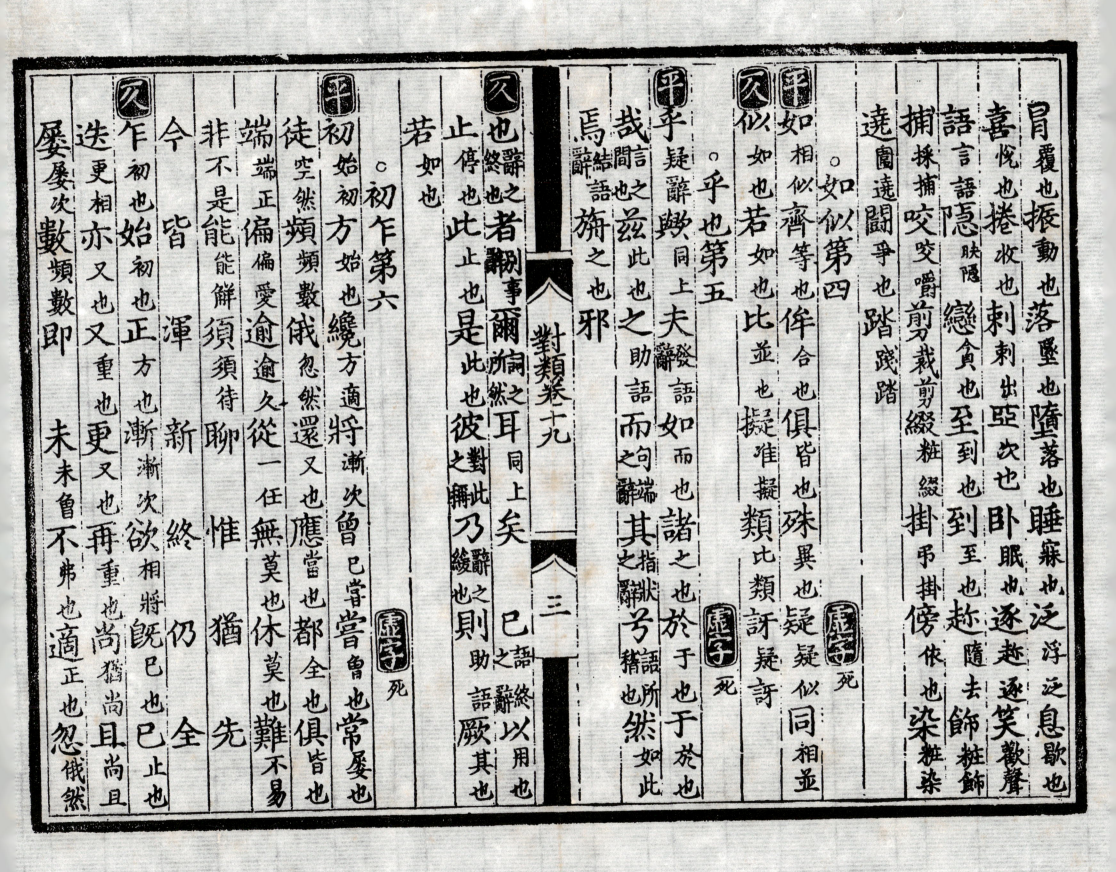

平 初始初方始也纔方適將漸次曾已嘗嘗曾也常屢也
徒空然頻頻數俄忽然還又也應當也都全也俱皆也
端端正偏偏愛逾逾久從一任無莫也休莫也難不易
非不是能能解須須待聊惟猶先
今皆渾新終仍全
仄 乍初也始初也正方也漸漸次欲相將既已也已止也
迭更相亦又也又重也更又也再重也尚猶尚且尚且
屢屢次數頻數即未未曾不弗也適正也忽俄然

倏（倏忽）陡（俄頃）暫（權時）試（暫也）任（任從）稍（漸也）但（惟也）

只（惟也）詎（豈也）豈（何也）恰（當也）最（第一）甚（過也）近

勿（無也）莫（勿也）罔（無也）會（解也）苟（若是）果（果然）故（所以）

特（故意）儘（凡可）驟　足（足以）可（宜也）曩（昔時）比（近時）

遂　累　復

○宜稱第七　【虛字】死

【平】宜　當　應　須　堪　從　能

雖　教　妨　因　由

【仄】稱　可　待　要　是　肯　敢

暇　阻　會　快　解　得　奈

【二字】○南來北至第八（與人事門東歸北望通用）　【上虛】【下虛】活

【平】南來　東來　西來　西成　東流　西流　南翔　南飛

東升　東生　西斜　東馳　東傾　西沉　西傾　西生

南流　南訛

【去入】北來　北流

【仄】北至　北去　北渡　北顧　北拱　北指　北聳　北峙

北瞰　北會　左轉　右轉　北向

【去上】東作　東注　東去　南去　南向　西向　南渡　西嘯

西墜　西遠　西没　東下　西下　東出　西上

○當今往古第九　【上虛】死

【平】當今　方今　如今　而今　于今　從今　來今　從前

從來　元來　從茲　由來　方來　將來　從初　平生

【去入】厥初　昨來　自來　向來　向前　自初　自今　只今

至今　在今　及今　視今　有今　厥今　自前

仄 往古 自古 視古 振古 徃昔 在昔 自昔 憶昔
憶昨 向後 有後 自後 在後 落後 罔後
上平 從古 從後 從此 思昔 殊昔 非昨

○皆天特地第十 上虛 死 下實

平 皆天 由天 從天
上仄 自天 任天
仄 特地 驀地 剗地 易地 即日 指日
上平 隨地 何地

○人間世上十一 上實 下虛 死

平 人間 人前 塵中
上仄 世間 世中
仄 世上 物外

上平 天下 塵外

○中間側畔十二 並虛 死

平 中間 中央 西邊 前邊 傍邊 東隅 西隅 東偏
西偏 中邊
上仄 外邊 側邊 上中 下中 後先 後前 北隅
仄 側畔 際畔 側近 左側 上下 表裏 右左 内外
上平 邊畔 邊際 西外 南畔 東畔 西畔 中上 中下
前後 先後 邊外

○中心外面十三 並虛 死

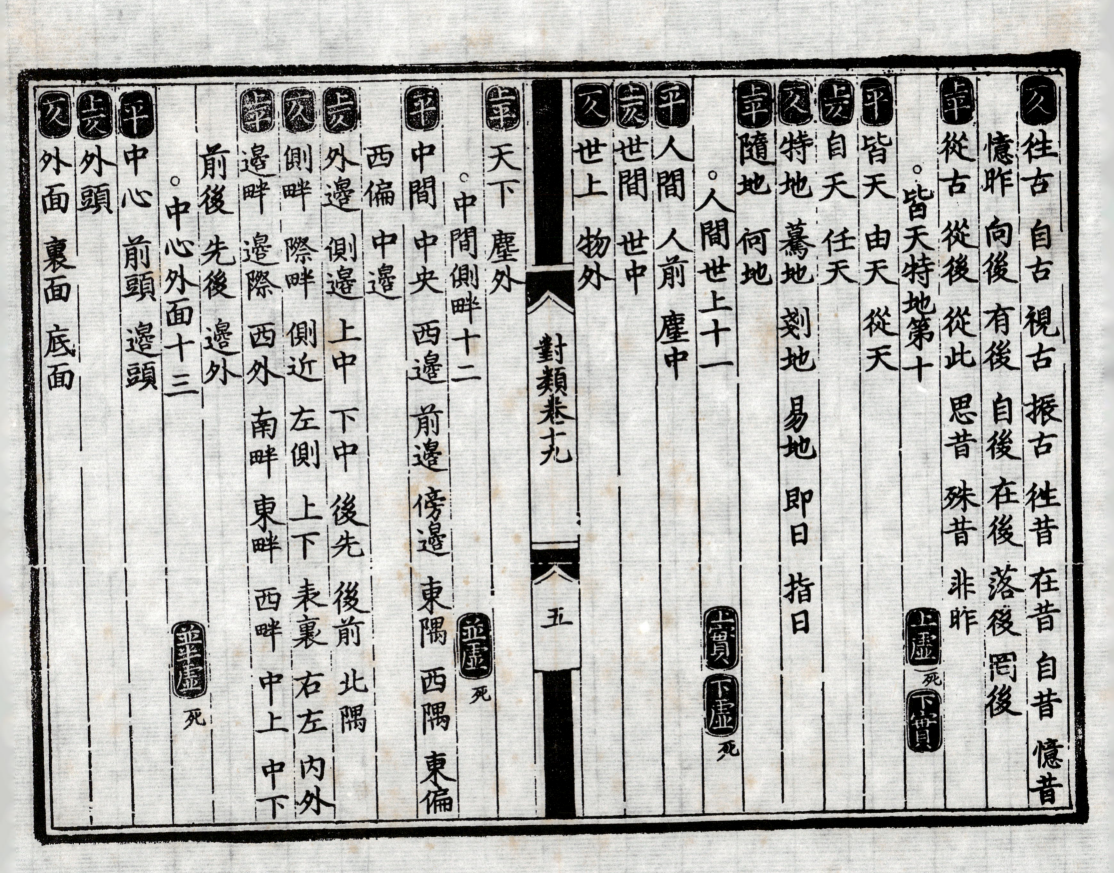

平 中心 前頭 邊頭
上仄 外頭
仄 外面 裏面 底面

外西　裏西　底西
外頭
中心　前頭　邊頭
○中心外面十三
前後　先後　邊外
邊畔　邊際　西外　南畔　東畔　西畔　中上　中下
側畔　際畔　側近　左側　上下　表裏　右左　內外
外邊　側邊　上中　下中　後先　後前　北隅
西偏　中邊
中間　中央　西邊　前邊　後邊　東隅　西隅　東偏
○中間側畔十二
天下　塵外

世上　塵外
世間　世中
人間　人前　塵中
○人間世上十一
隨地　何地
特地　驀地　剗地　忽地　卯日　昔日
自天　任天
皆天　由天　從天
○皆天特地驀十
從古　從後　從此　忽昔　來昔　非昨
儘昨　向後　有後　自後　在後　落後　回後
從古　自古　振古　據古　往昔　在昔　自昔　疇昔

【上平】前面
○其間此外十四　【上虛下半虛】死
【平】其間　其中　於中
【上去】此中　此間　那邊　箇中
【入】此外　箇裏　此內　此畔
○如描似畫十五　【並虛】下活
【平】如描　如粧　如新　如流　如馳　如焚　如磨　如狂
【上去】似描　似粧　似鋪
【入】似畫　似染　似織　似削　似切　似結　似展　似洗
似舞　似醉　似困　似掃
【上平】如削　如掃　如戀　如怨　如縛　如織　如訴　如慕
○渾如恰似十六　【並虛】死

【平】渾如　真如　誠如　端如　應如　還如　何如　奚如
寧如　無如　爭如　都如　全如　還同　難同　應同
翻同　渾疑　翻疑　何疑　無疑　應殊　寧殊　何殊
【上去】恰如　宛如　恍如　有如　直如　不如　豈如　假如
僅如　正如　未如　信如　不同　僅同　遠同　豈同
偶同　不殊　豈殊　抑殊　遠殊　可方　恍疑　不疑
直疑　頗疑　豈疑
【入】宛似　恰似　遠似　酷似　近似　不似　肯似　有似
絕似　頗似　勝似　偶似　直似　有若　宛若　未若
莫若　不若　豈若　設若　既若　肯若　頗比　不比
切比　試比　恍訝　頗訝　切訝　恍類　宛類　頗類
肯類　不類　絕類　可擬　足擬　足並　可並　不異

少異　豈異
［上平］渾似　還似　何似　端似　全似　翻似　應似　爭似
寧似　端若　何若　真若　渾若　渾訝　端擬　堪比
堪擬　堪並　何異　無異　殊異

○渾無僅有十七　［並虛］死
［平］渾無　都無　全無　寧無　曾無　還無　相無　終無
元無　如無　應無　偏多　還多　尤多　應多　全稀
猶稀　殊稀
［上去］本無　可無　不無　豈無　也無　絕無　既多　已多
不多　甚多　尚稀　幾稀
［入］僅有　盖有　本有　果有　不有　少有　富有　始有
固有　豈有　盖寡　未有　可有　只有　自有　罕有

又有　也有　亦有　不少　最少　尚少　豈少
［上平］多有　無有　相有　寧有　惟有　曾有　空有　徒有
何有　烏有　焉有　安有　尤有　終有　元有　偏有
還有　全少　猶少　常少　渾少　殊少

○休誇浪說十八　［並虛］下活
［平］休誇　堪誇　應誇　須誇　爭誇　寧誇　徒誇　誰誇
難誇　堪言　堪稱　宜稱　曾稱　休稱　徒稱　翻嗤
休嗤　應憐　堪憐　休憐　偏憐　翻憐　應言　常言
誰言　休言　爭推　爭傳　誰傳　休論　誰論　堪論
安知　何知　寧知　方知　誰知　俄驚　誰憎　誰嫌
應嫌
［上去］可誇　足誇　謾誇　盡誇　最誇　浪誇　獨誇　獨稱

可詩 只詩 雙詩 盡詩 最詩 況詩 獨詩 獨韓
應嫌
安知 何知 寧知 方知 誰知 縱驚 誰憎 誰嫌
誰言 休言 爭堆 爭傳 誰傳 休論 誰論 堪論
休嘆 應憐 堪憐 休憐 偏憐 猶憐 應言 常言
難詩 堪言 堪稱 宜稱 曾稱 休稱 試稱 猶嘆
休詩 堪詩 應詩 須詩 爭詩 寧詩 休詩 誰詩
○休詩復說十八
還有 全少 滿少 常少 渾少 殊少 元有 偏有
何有 息有 甚有 安有 元有 絲有 元有 偏有
多有 無有 相有 寧有 誰有 留有 空有 徒有
又有 也有 亦有 不少 最少 尚少 豈少

固有 豈有 盡寡 未有 可有 況有 自有 平有
猶有 盡有 本有 果有 不有 少有 富有 猶有
不多 甚多 尚稀 幾稀
本無 可無 不無 豈無 也無 絕無 既多 已多
猶稀 殊稀
元無 始無 應無 偏多 還多 元多 應多 全稀
渾無 漸無 全無 寧無 會無 還無 相無 絲無
○渾無復說十七
堪疑 堪迷 何異 無異 殊異
容似 誰若 何若 真若 渾若 許若 機似 匹似
渾似 還似 何似 誰似 全似 體似 應似 爭似
少異 豈異

可言 莫言 謾言 未論 莫論 且論 不論 可憐
足憐 莫憐 獨推 足推 盡傳
仄 浪說 浪語 謾語 寄語 不語 見說 競說 莫說
謾說 競道 不道 莫道 謾道 報道 足取 可取
未取 足羨 未羨 可羨 莫羨 未詫 足詫 獨詫
謾詫 孰謂 肯謂 可謂 可惜 也惜 莫惜 獨惜
未數 莫怪 可笑 未許
上平 堪羨 休羨 曾道 須道 都道 誰道 休道 何取
堪取 何歎 徒說 堪說 堪許 深許 堪笑 翻笑
輕許 爭怪 輕謗 誰謂 應羨 誰羨 應訝 深訝
休論 爭惜 堪惜 翻惜
○偏宜雅稱十九 並虛 死

平 偏宜 方宜 誠宜 渾宜 還宜 應宜 尤宜 端宜
那堪 還堪 真堪 誠堪 應堪 難堪 奚堪 還當
方當 何妨 偏妨 還須 應須 何須 奚須 還曾
何曾 胡虜何曾盛 誠能 還能 安能 焉能 烏能 難能
那能 看書到曉那能眠 尤能 多因 無因 無由 何由 何嘗
何緣 多緣 都緣 因何 緣何 如何 非干 從教
渾教 誰教 偏教 空教
上仄 雅宜 最宜 正宜 恰宜 更宜 允宜 不宜 豈宜
未宜 豈堪 不堪 未堪 尚堪 可堪 正堪 直須
必須 正須 也須 未須 不須 正當 適當 恰當
要當 自當 未當 似曾 也曾 不曾 未曾 未嘗
已嘗 也嘗 想應 豈應 秖應 料應 未應 不應

已嘗 也嘗 想應 豈應 敢應 料應 未應 不應
要當 自當 未當 似曾 也曾 不曾 未曾 未嘗
必須 正須 也須 未須 不須 正當 適當 恰當

去

未宜 豈堪 不堪 未堪 尚堪 可堪 正堪 直須
推宜 最宜 正宜 恰宜 更宜 允宜 不宜 豈宜
運數 誰數 偏數 空數
何緣 多緣 都緣 因何 緣何 如何 非干 從教
那能（那能看書到晚） 允能 多因 無因 無由 何由 何嘗
何曾（瀛胡廣何曾） 誠能 還能 安能 焉能 烏能 難能
方當 何妨 偏妨 還須 應須 何須 寧須 還當
那堪 還堪 真堪 誠堪 應堪 難堪 寧堪 還當

平

偏宜 方宜 誠宜 渾宜 還宜 應宜 允宜 端宜

○偏宜推稱十九

休論 爭惜 堪惜 翻惜
輕許 爭怪 輕誇 誰謂 應羨 誰羨 應許 深許
堪取 何數 徒說 堪說 堪許 深許 堪笑 翻笑

上

堪羨 休羨 曾道 須道 都道 難道 休道 何取
未數 莫怪 可笑 未許
謾說 孰謂 肯謂 可謂 可惜 也惜 莫惜 獨惜
未取 足羨 未羨 可羨 莫羨 未說 足說 獨說
謾說 競道 不道 莫道 謾道 報道 足取 可取

入

浪說 浪語 謾語 寄語 不語 見說 競說 莫說
足憐 莫憐 獨推 足推 盡傳
可言 莫言 謾言 未論 莫論 且論 不論 可憐

豈因 祇因 想因 也因 不因 只因 又何 是何
若何 奈何 是皆 未能 不能 爲緣 祇緣 只緣
不惟 豈惟 又還 假還 有妨 不妨 不干 得非
豈非 莫非 孰非 却非 大凡 大都 庶幾 不勝
豈勝 若爲 會須 待令 莫教 儘教 但令 但憑
待憑

仄

雅稱 恰稱 允稱 果稱 未稱 不稱 正是 果是
恰是 可是 必是 好是 只是 最是 自是 況是
直是 想是 未是 不是 始是 最好 正好 更好
恰好 不可 莫可 未可 詎可 倘可 尚可 自足
不足 豈足 未便 尚肯 詎肯 未肯 孰肯 却是
料是 祇爲 不爲 也爲 豈爲 一任 莫待 便好
不管 也勝 直欲 始信 肯爲 始可 畢竟 切莫
料得 所以 未必 不必 莫要 不要 正要 未要
豈敢 莫敢 不敢 未敢 大抵 大槩 又況 未解
未會

上平

偏稱 還稱 應稱 何可 安可 烏可 焉可 端可
應好 還好 爭奈 無奈 那更 何況 應是 雖是
須是 猶是 才是 元是 終是 非是 還是 都是
皆是 方是 誰肯 安肯 爭肯 應肯 何足 誠足
奚足 惟有 空有 徒有 雖有 偏阻 還信 剛欲
長是 多爲 生怕 尤勝 何敢 安敢 安得 爭得
那得 應得 何況 那復 雖暫 無復 尤自 何太
先自 元自

。方驚乍覺二十 （去虛）下活

（平）方驚 纔驚 初驚 嘗聞 曾聞 時聞 頻聞 纔知
方思 先知 初知 應知 俄知 俄看 頻看 曾看
初看 纔看 閒看 宜尋 方尋 因思 嘗思 俄思
俄逢 初逢 初傳 曾傳 頻嗟 方嗟 方疑 還疑
頻聽 時聽 纔聽 初聽

（上去）乍看 已看 忽看 漸看 擬看 欲看 適看 偶看
屢看 不看 數看 又看 未看 乍聞 只聞 倏聞
驀聞 偶聞 驟聞 屢聞 數聞 適聞 不聞 但聞
忽觀 締觀 泛觀 忽逢 不逢 偶逢 屢逢 幾逢
信知 偶知 要知 未知 不知 已知 欲知 欲觀
既逢 又逢 再逢 忽思 細思 頓思 不思 孰思

尚思 試思 偶思 好携 忽驚 倏驚 偶驚 屢驚
幾驚 偶傳 忽傳 忽聽 已聽 切窺 乍窺 偶忘
莫忘

（仄）乍覺 始覺 既覺 已覺 未覺 尚覺 忽覺 既見
忽見 適見 又見 乍見 未見 暫見 驀見 果見
驟見 已見 又聽 倏聽 切聽 幾聽 未聽 乍聽
始聽 試聽 乍識 未說 酷愛 擬問 欲問 爲問
試問 莫問 更問 頓憶 莫憶 幾憶 偶憶 尚憶
尚想 屢嘆 屢問 試把 正訝 盡說 盡道 莫負
莫怪 不見

（去平）曾見 俄見 長見 方見 初見 纔見 常見 猶見
初覺 猶覺 潛覺 方聽 常聽 時聽 頻聽 曾聽

初覺 猶覺 猶覺 古聽 常聽 時聽 猶聽 曾聽
十四 曾見 猶見 曾見 古見 初見 識見 常見 猶見
莫見 不見
尚想 愛美 愛聞 信己 王許 盡識 盡道 莫覺
識大 莫聞 更聞 頃應 莫應 發應 尚應
治聽 識聽 王識 未識 發聽 未聽 發問 千聽
顯見 已見 又聽 猶聽 已聽 發聽 未聽 千聽
亦見 適見 又見 千見 未見 識見 盡見 果見
八 千覺 苦覺 既覺 已覺 未覺 苦覺 為覺 既見
莫念
愛識 聽傳 發傳 發聽 已聽 如識 千識 偶識
尚思 識思 偶思 好識 發識 如識 識識 愛識

既逢 又逢 再逢 發思 曾思 不見 發見 發思
既識 彌識 次識 發逢 不逢 偶逢 愛逢 發逢
信知 偶知 再知 未知 不知 已知 欲知 欲識
舊聞 偶聞 顯聞 愛聞 愛聞 適聞 不聞 但聞
舊看 不看 數看 又看 未看 千聞 只聞 欲聞
六 千看 已看 發看 嘗看 擬看 欲看 適看 偶看
須聽 時聽 發聽 如聽
擬逢 知逢 如知 曾傳 演覽 方覽 方覽 疑覽
知看 發看 問看 宜事 方事 因思 音思 欲思
古思 念思 問知 發知 方知 微知 微看 頻看 當看
十 古識 發識 發識 常聞 曾聞 時聞 頻聞 驚知
〇古識千覺三十
十四

初聽　猶愛　將憶　當憶　曽憶　猶憶　長憶　還詎
方詎　休怪　曾記　常記　深料　猶想　常想　遙想

。應愁可畏二十一　【並虛】下活

【平】應愁　何愁　偏愁　還愁　那愁　惟憂　何憂　常憂
奚憂　深憂　那知　深防　深虞　無虞　應思　誰思
偏思　那思　寧思　翻思　休思　還思　焉知　安知
須知　明知　懸知

【上去】豈憂　不憂　每思　却思　不思　却愁　只愁　不愁
可愁　却憐　不虞　不知　未知　豈知　却忻

【入】可畏　切恐　殆恐　但恐　切慮　却慮　豈慮　每慮
只患　不患　每愛　最患　豈患　可想　尚想　每戒
切戒　最喜　却喜　却愛　最愛

【上平】須信　方信　常患　尤患　猶患　何患　奚患　應慮
誠慮　還慮　誰忍　深慮　惟恐　猶恐　尤恐　當恐
深恐　常恐　猶想　還想　何忍

。當令罔俾二十二　【並虛】下活

【平】當令　將令　如令　堪令　終令　閑憑　須憑　聊憑
將憑　還教　從教　偏教　徒教　空教　休教　寧教
爭教　還將　閑將　如將　寧辭　休辭　毋令　徒令
生憎　生嫌

【上去】倘令　假令　要令　却將　好將　謾將　昔將　莫將
若將　但將　試將　始將　枉將　直將　暫將　要將
直教　莫教　會教　儘教　但教　不教　未教　豈教
肯教　管教　若教　縱教　試憑　若憑　待憑　為憑

肯教 肯教 若教 縱教 謾遣 若遣 休遣 爲遣
直教 莫教 會教 憑教 但教 不教 未教 豈教
若將 但將 試將 始將 枉將 直將 暫將 要將
（上入）倩令 假令 要令 却將 好將 還將 昔將 莫將
主憎 主嫌
爭教 還將 閒將 知將 寧辭 休辭 爭令 從令
將遣 還教 從教 偏教 任教 空教 休教 寧教
（平）當令 將令 如令 填令 將令 閒遣 須遣 那遣
○當令同伴二十二　（去上）下句
深恐 常恐 猶想 還想 何忌
誠慮 還慮 誰忌 深慮 誰恐 猶恐 尤恐 當恐
（上去）須信 方信 常患 尤患 猶患 何患 實患 應慮

如故 最喜 却喜 却愛 最愛
只患 不患 無愛 最患 豈患 可想 尚想 無故
（入）可畏 切恐 始恐 但恐 切慮 却慮 豈慮 無慮
可教 却憐 不慮 不知 未知 豈知 却忻
（上去）豈憂 不憂 無思 却思 不思 却愁 只愁 不愁
須知 明知 難知
偏思 那思 寧思 翻思 休思 還思 忍知 安知
奚憂 深憂 那知 深防 深慮 難慮 應思 誰思
（平）應愁 何愁 猶愁 還愁 那愁 惟憂 何憂 常憂
○應愁可畏二十一　（去上）下句
方許 休怪 曾記 常記 深料 猶想 常想 無據
初聽 猶愛 將憶 當憶 曾憶 猶憶 長憶 誰憶

待需　倚需　莫辭　不辭　未辭　敢辭　不圖　豈圖
詎圖　有圖
【仄】罔俾　倘俾　抑使　倘使　縱使　若使　向使　肯使
若使　要使　設使　直使　試使　解使　假使　擬把
好把　若把　肯把　忍把　若待　直待　只待　好待
豈待　肯待　擬待　莫待　欲待　且待　好向　擬向
莫向　不假　豈假　肯効　竚俟　倚俟　不用　不分
【上平】毋使　休使　寧使　當使　如使　將使　須待　何待
奚待　須俟　須假　何假　奚假　何用　烏用　奚用
焉用　徒使

○誰能我信二十三　【並虛】死
【平】誰能　誰堪　誰曾　誰將　吾當　吾將

【上去】我能　我宜　我曾　我堪　孰能　孰堪
【仄】我信　我可　我肯　孰肯　孰忍　孰是　我是
【上平】誰信　誰是　誰可　誰肯　誰忍　吾亦　誰敢

○何遲太早二十四　【並虛】死
【平】何遲　應遲　偏遲　何多　偏多　何難　應難　尤深
全無
【上去】尚遲　較遲（春寒花較遲）　切遲　已遲　絕無　太遲　不遲
未遲　最遲
【仄】太早　太遠　太甚　太躁　太久　最久　可緩　未晚
最厚　已盡　未盡　僅有　獨有　莫寡　太薄　太急
【上平】何遠　何厚　何薄　何近　何速　何早　何晏　何易
何急　何後　何晚　猶後　非小　非久　非早　非易

何遲 何後 何晚 猶遲 非小 非大 非早 非遲

（去平）何遠 何遲 何遲 何近 何速 何早 何晏 何晏

最遲 已盡 未盡 但須 猶有 莫嫌 太遲 太急

（入）太早 太速 太甚 太驟 太久 是久 可緩 未晚

未遲 最遲

（去入）尚遲 較遲 較春遲免於 猶遲 已遲 絕無 太遲 不遲

全無

（平）何遲 應遲 偏遲 何多 偏多 何難 應難 尤難

○何遲太早二十四

（去平）誰信 誰是 誰可 誰肯 誰為 吾亦 誰敢

（去入）故信 故可 故肯 就肯 竟是 故是

（上入）故能 故宜 故曾 故為 就能 就與

（平）誰能 誰堪 誰當 誰將 吾當 吾將

○誰能故信二十三

焉用 徒使

實持 須使 須假 何假 實假 何用 焉用 實用

（去平）毋使 休使 寧使 當使 如使 將使 須持 何持

莫向 不假 豈假 肯效 詎使 倘使 不用 不分

豈待 肯待 擬待 莫待 欲待 且待 莫向 擬向

好把 若把 肯把 忍把 苦待 直待 只待 好待

若使 要使 設使 直使 試使 解使 假使 擬把

（入）問俾 尚俾 抑使 倘使 縱使 若使 向使 豈使

詎圖 有圖

待需 何需 莫辭 不辭 未辭 敢辭 不圖 豈圖

非後 無盡

。無加莫妙二十五 並虛 死

【平】無加 奚加 何加 無施 何施 何勤 何先 奚先

誰先

【上去】莫加 蔑加 愈加 有加 曷加 曷先 孰先 罔輕

敢輕 豈輕 甚輕 匪輕 匪高 匪虧

【入】莫妙 絕妙 愈妙 莫甚 愈甚 已甚 孰甚 莫切

愈切 最切 孰尚 甚切 莫急 愈急 莫尚 莫重

愈好 愈尚

【上平】尤妙 尤好 尤大 尤重 尤急 尤貫 尤甚

。無窮有限二十六 並虛 死

【平】無窮 難窮 奚窮 何窮 何多 無邊 無垠 無涯

無餘 無多

【上去】有窮 不窮 有餘 有涯 不多 不勝

【入】有限 不盡 不足 不已 不極 清秋不極堂 未足

【上平】無限 何限 無盡 無數 無幾 難極 無極 無際

無外

。更新改舊二十七 並虛 上活

【平】更新 重新 如新 還新 從新 圖新 維新

【上去】漸新 早新 易新 換新 又新 一新 愈新 作新

整新 鼎新 喜新 自新 恰新 取新 改新

【入】改舊 換舊 易舊 厭舊 似舊 去舊 棄舊 舍舊

守舊 改故 華故

【上平】依舊 仍舊 求舊 如舊 如昨 如故 非故 溫故

石舊 泳舊 宕舊 合明 如加 故 非故 逼故
宇舊 改故 章故
改舊 無舊 易舊 順舊 似舊 古舊 青舊 含舊
盤新 鼎新 青新 自新 俗新 反新 改新 介新
漸新 早新 易新 旗新 大新 一新 愈新 作新
更新 重新 如新 還新 從新 圖新 維新
。更又新 改舊 二十七
無 升
無限 何限 無盡 無數 無數 無涯 無極 無際
有限 不盡 不足 不已 不極 不備 極盡 未足
有窮 不窮 有餘 有涯 不多 不滿
無餘 無多

無涯 無窮 何窮 何多 無邊 無垠 無涯
。無窮 有限 二十六
尤妙 尤好 尤大 尤重 尤急 尤實 尤甚
愈好 愈切 愈高 最切 莫切 甚切 莫急 愈急 尚莫 莫切
愈妙 愈好 絕妙 愈妙 莫甚 愈甚 甚至 莫切
最輕 豈輕 甚輕 匪輕 匪高 匪輕 最高
誰先 豈加 愈加 有加 高加 居先 孰先 圖先
無加 莫加 何加 無施 何施 何如 何先 莫先
。無加 莫及 二十五
非殊 無異

○須臾次第二十八

[平] 須臾 斯須 相將 尋常 因仍 因循 稽遲 方纔 [並虛] 死

侵尋 蹉跎

[上去] 等閒 匪伊 許多 少須 少間

[入] 次第 須刻 少刻 少頃 迤邐 造次 窅邈 倏忽

倉卒 卒急 漸次 緩慢 咫尺

[上平] 容易 依約 俄頃 伊邇 循習 羞澁 遲慢 稽慢

○俄然偶爾二十九

[平] 俄然 何耶 何之 何哉 宜乎 非然 非歟 何歟 [並虛] 死

然乎 然歟 非邪 何其 宜其

[上去] 倏然 偶然 忽然 自然 隱然 信然 至哉 大哉

小哉 異哉 信乎 否乎 可乎 異乎 見之 有之

取之 予之 去之 奪之 得之 已之 不然 豈其

果然 默然 異諸 否歟

[入] 偶爾 倏爾 忽爾 自爾 必也 可也 允也 是也

未也 至矣 妙矣 盛矣 必矣 是矣 久矣 往矣

已矣 可矣 遠矣 足矣 大矣 信矣 恰則 是則

否則 甚則

[上入] 何者 何也 宜矣 行矣 然也 非也 宜也 云爾

然爾

○之乎者也三十

[平] 之乎 然乎 之哉 乎哉 之與 然其 之耶 [並虛] 死

[上去] 矣乎 者乎 也哉 者焉 也與

[入] 者也 也矣 者矣

【上平】然也 之也 焉者 乎爾

【連綿】○微茫隱約三十一 【並虛】死

【平】微茫 依稀 模糊 朦朧 含糊 分明

【仄】隱約 髣髴 想像 恍惚 掩映 杳靄 隱映 覆護

【上平】依約 分曉 端正

○徘徊眷戀三十二 【並虛】活

【平】徘徊 躊躇 彷徨 徊徨 徜徉 舒徐 勤拳 慇懃

綢繆

【仄】眷戀 顧戀 繾綣 自在

【上平】留戀 綢密 惆悵

○胚胎漏泄三十三 【並虛】活

【平】胚胎 渾涵 胚腪

【仄】漏泄 滲漏 發露 發見

【上平】呈露 形見 形著

○輕便小巧三十四 【並虛】死

【平】輕便 輕狂 顛狂 踈狂 便宜 清臞

【上去】老成

【仄】小巧 細小 重厚 鄭重 利便 瘦小 瘦削

【上平】輕薄 輕巧 尖巧 遲鈍 纖細 柔軟 清淺 清淡

肥膩 渾厚 澆薄

【疊字】○亭亭當當三十五 【並虛】死

【平】亭亭 悠悠 頻頻 遙遙 平平 恢恢 堂堂 顒顒

常常 綿綿 明明 紛紛 多多 班班 摇摇 纍纍

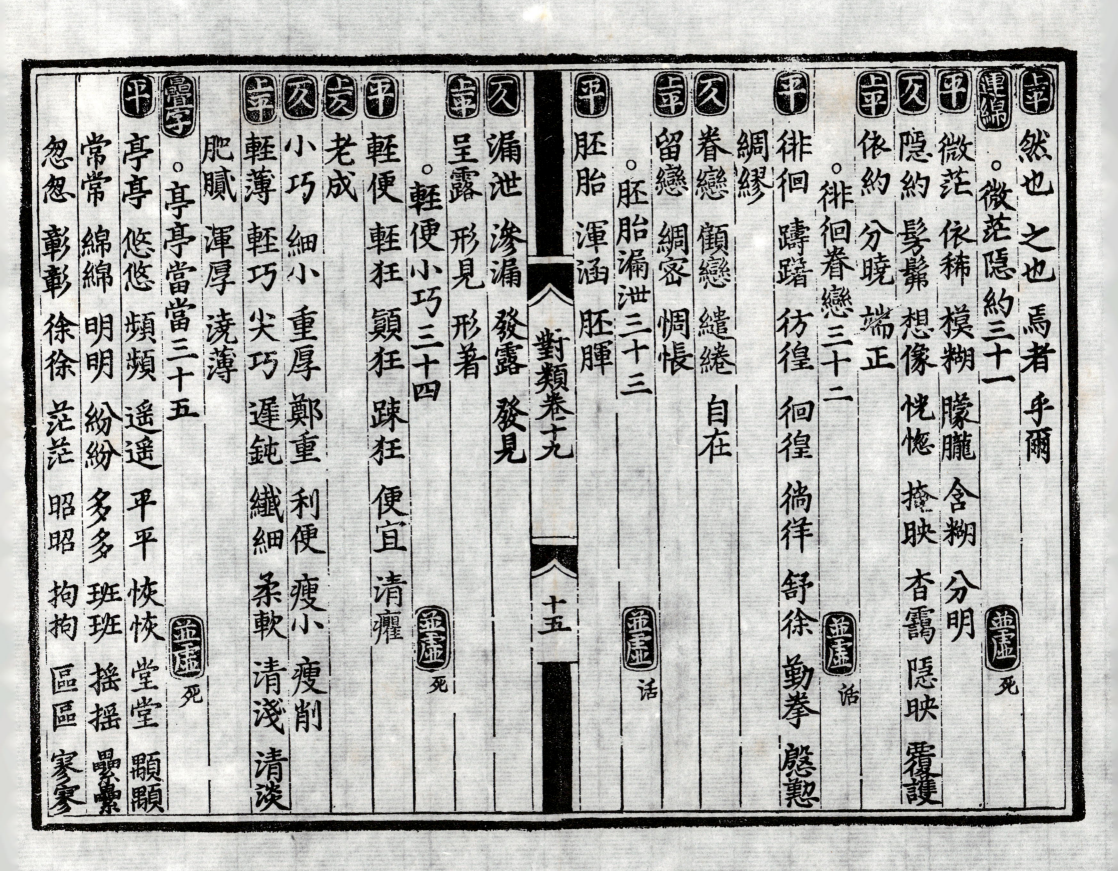

忽忽 彰彰 徐徐 茫茫 昭昭 拘拘 區區 寥寥

象像 敷數 徐徐 府符 昭昭 搯搯 圖圖 聚聚
平 常常 綿綿 明明 發發 各各 玭玭 鑄鑄 暖暖
仄聲 真真 條條 瑱瑱 迭迭 平平 來來 堂堂 顯顯　兒
○真亭當三十五
爬顯 運厚 演薄
平 輕薄 輕巧 尖巧 運鈍 纖細 柔軟 清淡 清淡
仄 小巧 細小 重厚 鄭重 利便 便小 便俏
去 老成
平 輕便 輕佳 顛佳 謙佳 便宜 清癯　兒
○輕便小巧三十四
上 呈露 形見 形著
仄 漏泄 漏漏 敗露 敗見

詩韻卷之　十五

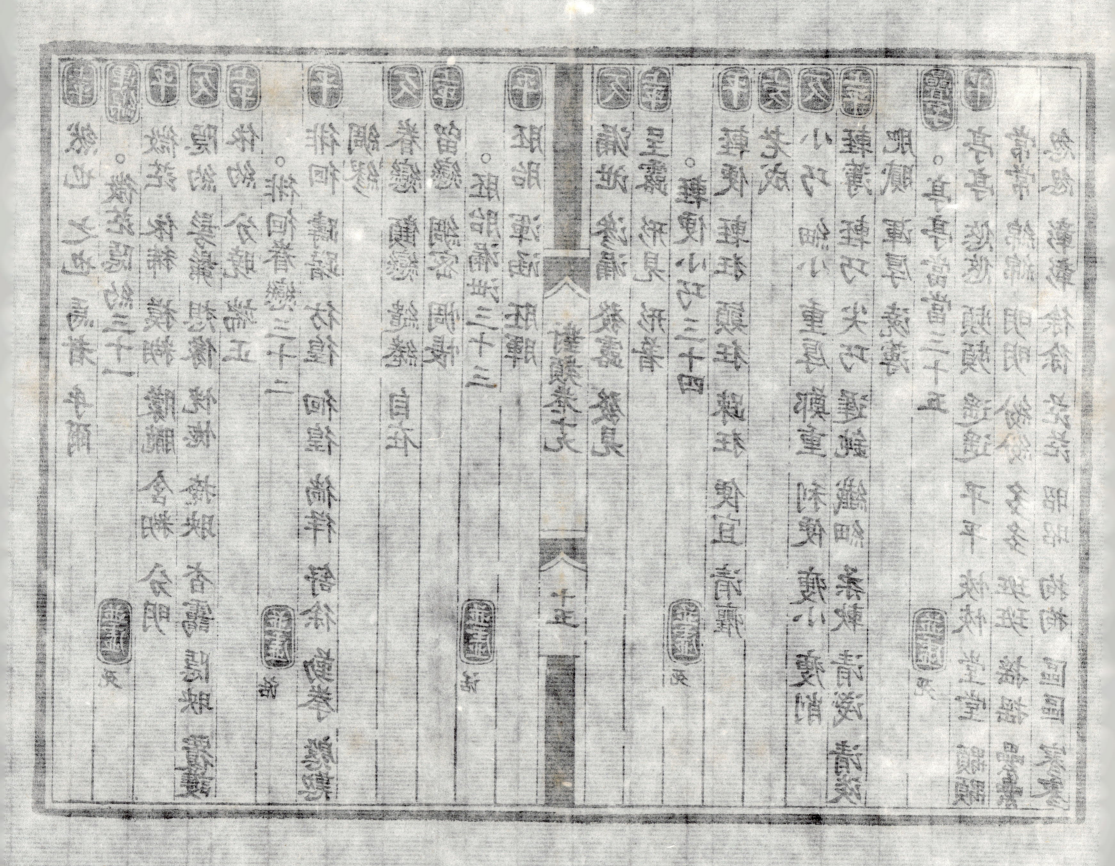

平 旺胎 運胎 旺陣
○旺胎運三十三
平 留戀 綢繆 洞房
仄 眷戀 顧戀 繾綣 自在　兒
平 徘徊 痴情 放懷 徘徊 徜徉 舒徐 逍遙 纏綿
○徘徊眷戀三十二
去 恨怨 分明 正 院廊 樂道 合需 陰陽 豐饒
仄 恨怨 佳宜 相爭 餘容 歸分 明
平上 ○靈巧隱約三十一
去 巧合 又巧 曲著 中頭

【仄】空空 高高 如如 怡怡 欣欣 拳拳 閑閑 渾渾
當當 綽綽 坦坦 顯顯 進進 穩穩 挺挺 井井
秩秩 大大 小小 細細 瑣瑣 屑屑 寂寂 悄悄
落落 泛泛 擾擾 續續 往往 表表 切切 比比
杳杳 孑孑 碌碌 戀戀 隱隱 楚楚 濟濟 蕩蕩
赫赫 戰戰 默默 戚戚 役役 混混 洞洞 簡簡
泯泯 止止 歷歷 偲偲

【三字】○渺茫中清淺際三十六
【平】渺茫中 往來中 杳靄間 鼓舞中 隱映中 有無中
【仄】清淺際 朦朧裏 橫斜裏 蒼茫外 微茫處 游泳裏

○意徘徊聲哽咽三十七
【平】意徘徊 意淒涼 影婆娑 影扶疎 色芳菲 思躊躇

【仄】聲哽咽 光掩靄 光閃爍 陰瑣碎 影零落 襟洒落

對類卷之十九

對類卷之二十

巧對門

二字類

天文　天龍　天台　雪獅　金鴉日

地虎　地脉　風馬　野馬游氣

時令　高祺　玄律　庚伏

祓禊　大雩　上休

地理　崖公　林皐　屏山

水母　原壤　硯水

花木　竹郎　木公　甘棠　木牛　花妖　梅兄　青奴竹夫人

木客　土偶　苦李　竹馬　荼祟　蘗弟　黃妳書睡

鳥獸　白駒　鴉頭　禽荒　牽牛　祖龍　催歸鳥　瓠犀瓠子

蒼狗　犢鼻　馬癖　苦馬　秦鹿　喚起名　壺鴨

宮室　琴堂　招提並寺

畫苑　蘭若

器用　膽瓶　下碁　禪床

腎枕　中酒　道院

衣服　帽簷　穹廬帳

琴柱　曲蓋傘

珍寶　金吾　金仙　金縢書篇名

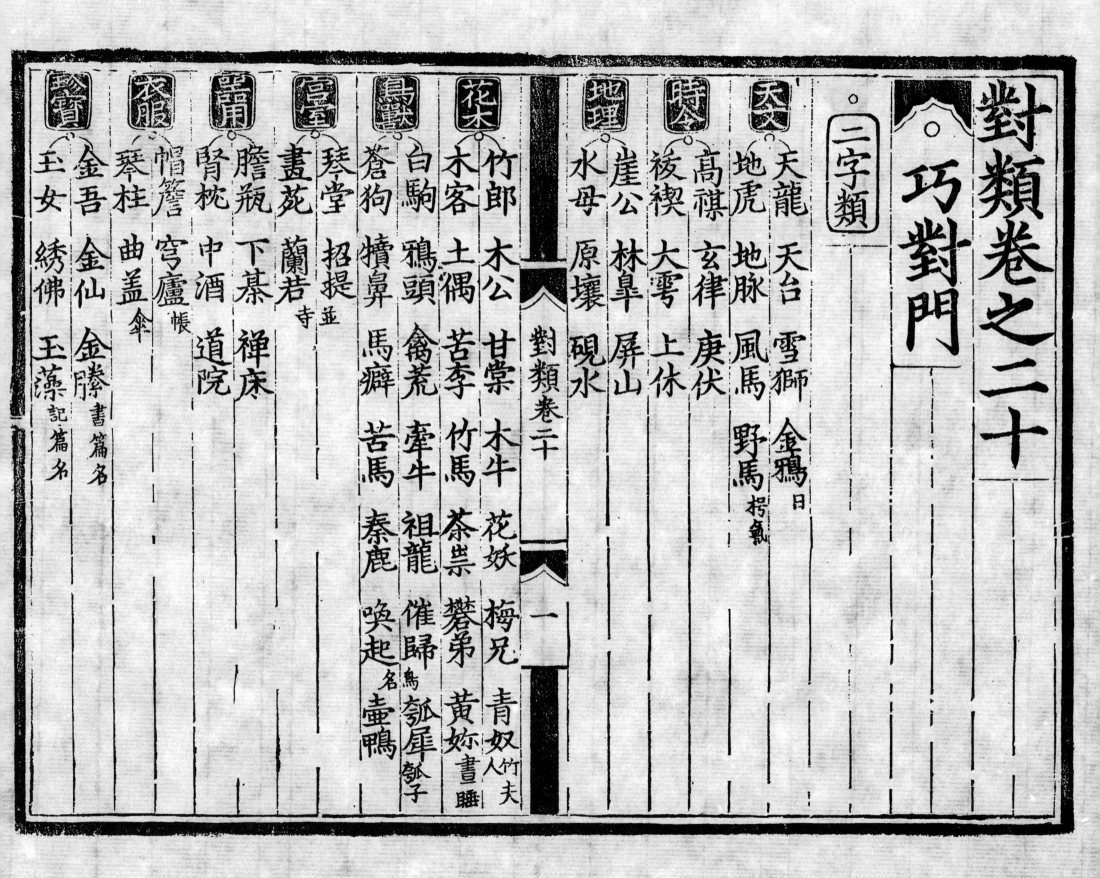

玉女　綉佛　玉藻記篇名

女 綠佛 王濛記補父

金吾 金仙 金膝書縉

琴桂 曲盞令

嘴蘭 官爐 中酒

背枕 暗流 丁泉 道院

畫苑 蘭若 禪床

琴堂 摇提 寺並

蒼狗 獱鼻 馬癖 吉馬 素鹿 突鹿 毒鵰

白駒 鵝頭 鶴毛 羣牛 祖龍 淮歸 鷸屛 鍪子

木客 土偶 芸亭 竹馬 茶器 聲弟 黃魏 晝圖

竹郎 木公 甘棠 本牛 花林 梅兄 青奴 入守 大

木母 原據 風水

公 林阜 屏山

大雪 上休

旗虎 玄律 庚伏

地虎 地脉 風馬 野馬

天龍 天台 雲師 金鵰日

三字類

巧對門

對類卷之二十

三字類

飲食
飯香 齋魚 酒聖 黑甜 甘飲 茶顛 酪奴 酒魁
銅臭 罰爵 錢愚 清苦 苦吟 酒聖 醅母 燈婢

文史
桃符 噫嘻詩篇 橫披畫 無羊並詩
草賦 噬嗑易卦 直抹裙 有駜篇名

人物
丈人 烏公 常師 李白
匹婦 絳老 益友 樵青

人事
吟魂 陽春並歌
醉魄 白雪

身體
長鬚 心香 眼花 背心 蒼頭奴
短髮 口臭 肌粟 頭面 赤脚婢

天文
天首北 滿天星 風箭勁 神女雲 打頭風
斗杓東 連日雨 露珠圓 社公雨 覆手雨
山寺月
野池霜

時令
四時春 短長景 歲云暮 夜香香 秋容淡
三伏暑 上下弦 夜未央 更漏漏 旦氣清
嬌侍夜
笑生春

地理
嵩山高 山中樂 石筍出 梁苑景 洞庭湖
蜀水濁 溪上吟 浪花翻 漢宮春 蓬萊島
山秀色
水清聲

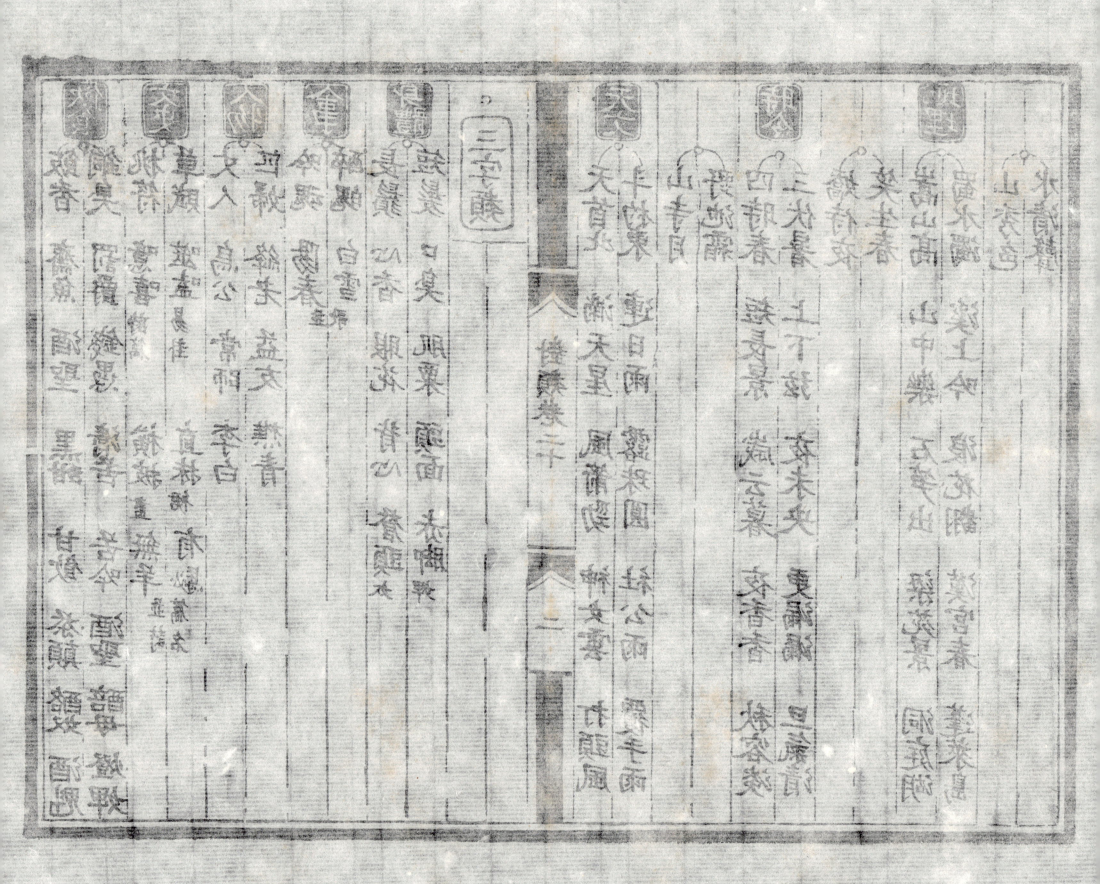

花木

商山芝　竹夫人　木森森　著作林　王孫草
彭澤柳　木居士　水淼淼　将軍樹　舉子槐

鳥獸

南山豹　杜鵑啼　王榭燕　鷹白錦　探虎穴
北海鵬　蝴蝶舞　宋宗雞　燕烏衣　步蟾宫
三足烏　黃狗日
一角獸　白雞年

宫室

函谷關　陳蕃榻　房中樂
長安市　庾亮樓　野外儀

聲色

半傳黃　鷹背褐　山有色
微吐白　猩血紅　水無聲

器用

車轟轟　無孔笛　青玉案　千斤弩　百納琴
石磊磊　不絃琴　白銀盃　百丈竿　雙鈎帖

琥珀枕
琉璃屏

衣服

烏紗帽　三山帽　九章服　傳家鉢　翦春羅（花名）
碧瑶琴　七星冠　百結衣　利市衣　鋪地錦

珍寶

黃金印　金魚帶　金錯落　青玉案　七寶扇
白玉盤　玉勒車　玉丁東　白牙床　五銖錢
玉麈尾
金褭蹄

飲食

聖賢酒　煎玉乳　甞社酒
子母瓜　酌金罍　試春茶

文史

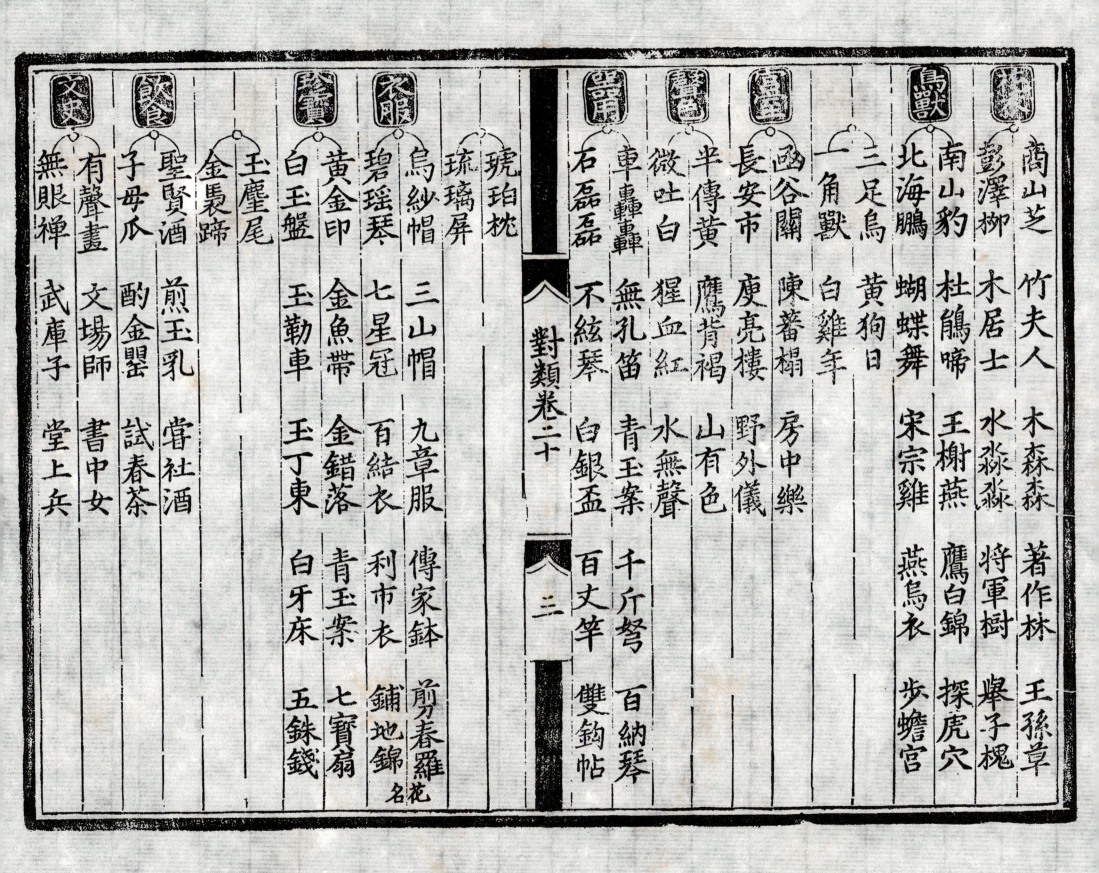

有聲畫　文場師　書中女
無眼禪　武庫子　堂上兵

無服禪　武車手　堂上兵
有聲畫　文場帥　書中女

[illegible]

千毋乃　酌金罍　試春茶
聖賢酒　煎玉乳　當社酒

金象帶
玉麈尾

[illegible]

白玉盤　玉勒車　玉丁東　白牙木　玉鏤綬
黃金印　金魚帶　金鐺落　青玉案　大寶箴

[illegible]

鬱羅袂　七星冠　百結衣　利市衣　[illegible]
烏紗帽　三山帽　九章服　傳家缽　[illegible]

琉璃屏
瑪珀枕

[illegible]

古錦箱　不繫舟　白銅盂　百丈竿　雙鈎帖
車轆轤　無孔笛　青玉案　千斤鼎　百衲琴

[illegible]

鐵生白　羅浮綠　水無聲
半傳黃　鳳苗紫　山有色

[illegible]

長安市　夏禹蒨　野外儀
函谷關　陳番榻　吾中樂

一角獸　白頭辛
三足烏　黃犬白

[illegible]

北海鵬　湖蝶舞　宋宗雞　燕語衣　安樂宮
南山豹　杜鵑啼　王樹燕　鷹白鶴　探虎穴

[illegible]

鶴樂師　木居士　水淼淼　將軍樹　牽牛路
商山芝　竹夫人　木森森　若作林　王孫草

時令

人物

夷齊隱　亞聖人　屋廬子　新進士　千夫長
孔孟賢　真宰相　户牖侯　舊書生　萬户侯
墨道士　李太白
麴秀才　柳渾青

人事

聽樵歌　展愁容　心意懶　樵笛響　醉學究
欣客語　牽飲興　曲情多　客船遊　病維摩

身體

口雌黄　三折肱　病體輕　心是非　一齒落
眼青白　一彈指　行力倦　眼高下　二毛侵
黄面老
黑頭公

四字類

天文

長虹貫日　日月照臨　雲奔鐵騎　月過女墻
新月帶星　風雷鼓舞　電掣金蛇　雲歸仙洞
風吹水面　月缺月圓　昭昭若日　露白爲霜
月照山頭　花開花落　浩浩其淵　雲黄作雪
雲開天淨　素娥乘月　月冷風清　雷車霹靂
雨降山昏　青女降霜　天寒日暮　月鑑團圓

元宵燈火　絲燕迎春　四百甲子　四時風物
上巳管絃　土牛餞臘　八千春秋　萬世基圖
白雪陽春　六龍行夏
黄絹幼婦　萬象猶春

地理

水清石見　山堆螺髻　百川赴海　田田原野
雲散月明　水蹙龍鱗　九仞爲山　井井溝渠

八水神京　四國于藩
五雲仙仗　百僚是式

花木

玉節故人　竹名君子　桃臉舒紅　碧笋簪泥
錦衣公子　松號大夫　柳眉聳翠　緑秧針水
薔薇賜紫　栽花滿縣
芍藥着緋　種柳當門

鳥獸

天上麒麟　提壺勸飲　九牛一毛　水深魚樂
人間鸑鷟　布谷催耕　八駿千里　花謝蝶稀
魚躍鳶飛　蝶敲粉拍
鳳儀獸舞　鶯織金梭

宮室

北門視草　推窗邀月　樓頭月下　茅店雞聲
西掖判花　出戶乘風　地角天涯　板橋馬跡

水晶宮殿　畫欄十二
翡翠簾幃　紅粉三千

器用

鏡對菱花　長劒拄頤　乘桴浮海　上方請劒
杯傾竹葉　短衣掩泣　束帶立朝　下澤乘車
欣聞韶樂　湘靈鼓瑟
坐聽僧鐘　秦女吹簫

衣服

榮披藍綬　瓊琚玉佩　仲尼縫掖
戲舞斑衣　衮衣繡裳　范叔綈袍

珍寶

三千珠履　金盞銀杯
十二玉旒　珠簾翠幕

[illegible]

圖畫丹青　白面書生　桃雨飛紅　青州從事
粧排黑白　黑頭宰相　萍星點緑　白水真人

雜黑白　黑頭宰相　[illegible]黑[illegible]緣　白水真人

圖畫丹青　白面書生　飛雨飛紅　青州從事

十二玉樓　珠簾翠幕

三千珠履　金盞銀杯　[illegible]

殿[illegible]　[illegible]　[illegible]

[illegible]　漢[illegible]玉[illegible]　[illegible]

[illegible]　秦女吹簫

[illegible]　湘靈鼓瑟

[illegible]竹葉　[illegible]水梅花　東[illegible]朝　下澤乘車

鏡對[illegible]花　[illegible]　[illegible]　上方請劍

[illegible]　紅粉三千

水晶宮殿　畫簾十二

西[illegible]花　出戶乘風　[illegible]

北門[illegible]草　推窗邀月　[illegible]

鳳[illegible]舞　[illegible]金枝

魚躍[illegible]飛　[illegible]

入[illegible]　[illegible]谷遷[illegible]　八[illegible]千里　[illegible]

天上麒麟　[illegible]　九十一[illegible]　水[illegible]魚樂

[illegible]　種柳當門

[illegible]　栽花滿縣

錦衣公子　松號大夫　[illegible]　[illegible]

[illegible]人　竹名君子　桃[illegible]　[illegible]

五雲仙杖　百[illegible]

八水神京　四圍千[illegible]

飲食

朝齏暮鹽　茶誇雀舌　殺雞爲黍　何郎湯餅
夏絃春誦　桂勝龍涎　走馬看花　杜甫冷淘
竹葉三杯 酒
幽蘭一操 琴

文史

上書北闕　麈尾清談　聞雞浩歎　架上漢書
把酒南山　蝇頭細字　捫虱清談　床頭周易
僉曰鯀哉 尚書
吾與點也 論語

人物

子思孟母　孫晨孔光　烈士壯心　軟餅中丞
孫敬太公　叔夜如晦　狂奴故態　伴食宰相
救時宰相　鵝鴨諫議
觧事舍人　龍虎大王

人事

精神秋水　閑中日月　世掌絲綸　人莫已知
談笑春風　醉裏乾坤　手抉雲漢　歲不我與
欣欣然喜　離情難遣　醉鄉廣大　快活條貫
赫赫厥聲　歸意馬留　樂國繁華　老成典刑
羈人腸斷　朝奏暮招　音清韻古　醉魂未醒
酒客顔怡　月書季攷　色正芒寒　歌與偏多

身體

堯眉舜目　心不在焉　紫薇屈膝　草針刺眼
孔思周情　色斯舉矣　朱槿灰心　柳線縈心

通用

何用求人　偶爾中耳　鋪張排比
焉能浼我　幾乎敗壺　撥置經營

方隅

東征西討　海北天南
南去北來　水邊林下

數目

二三兩兩　寸心千里　一丁不識　四字招牌
萬萬千千　一日三秋　三甲未全　一場公道
百年擾擾　三日猶香
千古悠悠　十年有臭

卦名

坤西南利
泰上下交

五字類

天文

天文照北秦　霜仗懸秋月　春風歌舞地
地利通西蜀　霓旌捲夜雲　夜月管絃家
雪融山露骨　月明雞唱早　雷霆驅號令
風過水生鱗　霜滑馬行遲　星斗煥文章

瑞彩依黄道　斷煙横遠岫　愛月不扃户
祥光拱紫宸　殘日下踈林　惜苔慵掃花
風煖鳥聲碎　曉雨暗人日　寒食煙曾禁
日高花影重　春愁連上元　中秋月倍明
鼇島聳元宵　夜寒風拔木　魁星鬼踢斗
鵲橋横七夕　春煖水浮天　閏月王居門

地理

柳塘春水漫　深巖藏虎豹　過雨添流水
花搗夕陽遲　巨浪養魚龍　歸雲補缺山
春水渡旁渡　崔嵬山鬼吼訴　山勢蜂腰斷
夕陽山外山　眩晃日光揺字　溪流燕尾分
山如仁者静　林深不見日　鑿石方逢玉
水似聖之清　山静只聞泉　淘沙始見金

花

江河流地脈
日月運天晴
泥肥禾尚瘦
晷短夜差長
字意
花木
蒲嫩長如劒
苔圓密似錢
桂殘天雨粟
苔合地流錢
草白經霜地
雲黃欲雪天
林花朝落砌
山月夜臨池

水作青羅帶
山如碧玉簪
李花開太白
蘇木長東坡
落花紅滿地
芳草碧連天
老棗靠道倒
矮槐挨堦栽
草枯鷹眼疾
雪盡馬蹄輕

眉山春後雪
庾嶺臘前梅
柳絲難織錦
木筆不題詩
花王初報信
梅子已生仁
日烘含笑笑
風送瑞香香
氣蒙楊柳重
寒勒牡丹遲

鳥獸
鼠喫貓頭笋
蝶尋鶯介花
鷺魚穿密藻
喿鵲立浮槎
木落蟬聲減
花殘蝶影稀
宮室
霧開鰲殿出
風急蜃樓掀
衣服
暑衣裁細葛
春袖剪香羅
器用
棹穿波底月
船壓水中天

蚊雷常不雨
螢火寂無煙
鴻是江邊鳥
蚕為天下虫
字意
鶯花三月老
蠶麥一時新
閉門推出月
穿井鑿開天
盃傾銀錯落
帽頂鐵兜鍪

鳥歸花影動
魚没浪痕圓
蟻子含虫子
貓兒捕鼠兒
横門看日月
高閣摘星辰
寒燈催臘盡
曉角報春回

輕箑敵煩暑　紙窓明覺曉
疎簾透薄寒　布被煖知春

聲色

碧映千林曙　扶青松直上　空山横紫翠
紅飄一葉秋　鋪碧水平流　古廟落丹青
色侵書帙晚
陰過酒樽涼

方隅

南來豈是歸　渭北春天樹詩
北去寧爲客　江東日暮雲句

飲食

御酒千鍾飲　杜酒偏勞飲　水遶日月畔湯字
蕃書一筆成　張梨不外求　人居草木間茶字

文史

周易冠三易　夏商周三代　維摩病説法
毛詩壓四詩　風雅頌四詩　虞卿窮著書
誦詩知國政　詩魂高似月
講易見天心　色膽大如天

人物

三代夏商周　莫逢韓玉汝　虛心君子竹
四詩風雅頌　可怕李金吾　直節大夫松
貢中秦宰相　君子不素餐　承家男得鳳
跨下漢將軍　癡兒了公事　擇壻女乘龍
彩雲蕭史駐　竹生君子操
文字魯恭留　花發狀元紅

人事

畫工來畫壁　短髮愁催白　慾寡精神爽
書手去書經　衰顏酒借紅　心閑夢寐安
交情諳冷暖　客淚題書落　賜可與言詩書
病骨識陰晴　鄉愁對酒寬　鯉退而學禮句

人事有興廢　天錫山林福　心上起經綸
水聲無古今　人同宇宙春　一中分造化
寸心隔千里　田心思遠客　兩人土上坐
一日若三秋　門口問行人　一月日邊明
議論吞天口　醉曾銜宰相　寛心應是酒
功名志士心　驕不揖金吾　遣興莫過詩

通用

先知覺後知書　行矣前途晚
小德役大德句　歸歟故國賒

身體

剛腸欺竹葉　拂黛月生指　髮少何勞白
衰鬢怯菱花　理鬟雲滿梳、　顔衰肯更紅

六字類

天文

三光日月星辰　太極函三爲一　夷風清惠風和
四海東西南北　大衍拐一象三　盾日畏襄日愛
雲從龍風從虎
鳥有鳳獸有麟

時令

日月照四時行　銀燭交光數屋
風雨時百姓足　玉繩低轉三更

人物

唐虞於斯爲盛　葛亮七縱七擒　舜傳禹禹傳湯
管晏如彼其卑　吳漢八戰八克　儒逃楊楊逃墨
郎官上應列宿　三王禹湯文武
學者仰如泰山　四代虞夏商周

人事

賢其賢親其親　何以加於孝乎　豈無用其心哉
長吾長幼吾幼　其所因者本也　何莫由斯道也

一介不以取人　君不君臣不臣　用則行舍則藏
片言可以折獄　父不父子不子　進以禮退以義
形則著著則明　身中清廢中權　並書
動則變變則化　言中倫行中慮　句

七字類

天文

水共長天同一色　雨打堦前生孔子　雙　露滴路邊蘆裏鷺
雪兼皓月兩交光　風吹葉淨見希枝　意　風吹峰外葉中蜂
北斗七星三四點　天寒有日雲欲凍　新月穿雲梳插鬢
南山萬壽十千春　江闊無風浪自生　落霞鋪嶺錦纏頭
天長地久有時盡　露垂青草珠聯翠　日月兩輪天地眼
月白風清如夜何　霜壓黃花玉間金　詩書萬卷聖賢心

南北二斗十三星　月鉤蘸水魚驚釣　天作碁盤星作子
東西兩漢四六帝　烟帳橫山鳥認羅　地爲紙板水爲文

時令

深秋簾幕千家雨　解凍池塘風淅瀝　風清晚霽不知暑
落日樓臺一笛風　迎春郊野月嬋娟　雨過暮涼全似秋
夏慾暑而冬慾寒　半夜雨聲來枕上　[redacted]
飢易食而渴易飲　十年塵事到心頭

地理

高峯倚伏勢如龍　兩三峰外雲峰秀　春水泛花來遠洞
怪石崔嵬形似虎　七八月間秋月涼　暮雲拖雨過前山
水滚石流非是果　字　湘潭雲盡暮山出　池中荷葉魚兒傘
柳藏鶯宿未爲花　意　巴蜀雪消春水來　梁上蛛絲燕子簾
無山秀似巫山秀　字　水底日爲天上日　拆破磊文三石獨
何水清如河水清　意　眼前人是面前人　移開出字兩山單

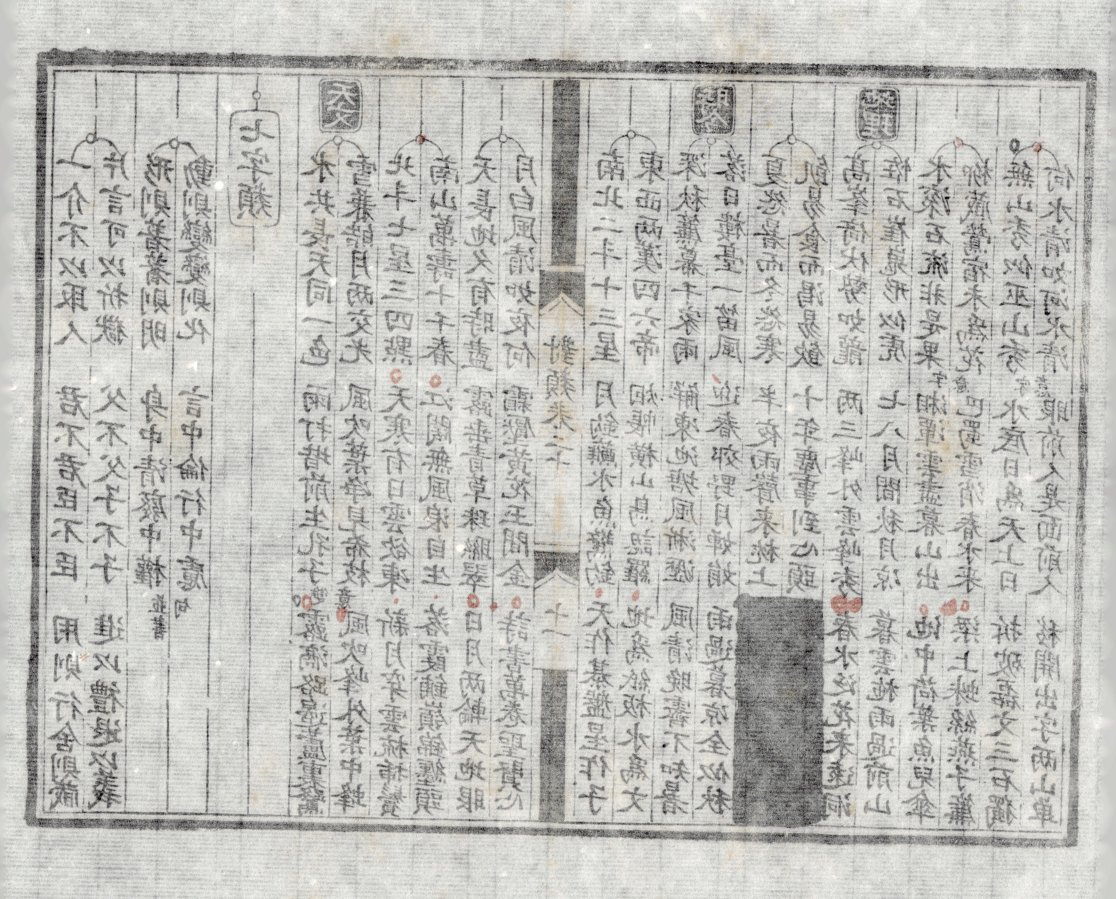

秋水靜如僧眼碧　萬壑松聲山雨過　地脉驀然生麥藥
晚山濃似佛頭青　一川花氣水風生　天河何不種荷花
地瘦竹根龍露骨　雲橫秦嶺家何在詩　蜀西雪山繼作主
山肥蘆筍虎生牙　雪擁藍關馬不前句　數家數火白鳥聚

花木

木筆書空難作字　三木森森松檜栢　擘破石榴紅子路
莎針繡地不成紋　兩山出出峴峨峨　指開銀杏綠顏回
梧桐葉上翁婆覆　花發芙蓉號拒霜　花似美人唯欠語
榆葉梢頭子母錢　蓮生菡萏名朝日　竹如君子只無心
草解忘憂憂底事　蓮子已成荷長老字　新筍長長過過竹
花名含笑笑何人　梨花未放葉先生書　舊禾種種爲爲糧
紫竹馬鞭鞭紫馬　筍因落籜方成竹　山花滿路春歸日
黃犇牛牸牸黃牛　魚爲奔波始化龍　野水平橋雨過天
觀前種竹先生筍　欲謝桃花紅漸白　自種黃花添野景
寺後栽松長老枝　半開桑葉綠猶黃　旋移高竹聽秋聲

顏色

野色青黃禾半熟　紅日點穿湘水碧　炭黑火紅灰又白
雲容黑白雨初收　白雲堆破楚山青　筍斑竹紫葉還青

鳥獸

青蠅誤落蜘蛛網　鸚鵡能言難比鳳　雞趾踏成一个字
紫燕低穿翡翠簾　蜘蛛雖巧不如蠶　象牙生列兩川文
脩竹映波魚怯釣　鴻鵠志高千里遠　莎雞夜織何機杼
垂楊夾道馬驚鞭　鷦鷯分足一枝安　山鳥春調甚管絃
鶯對曉色啼芳樹　燕知社日辭巢去　燕舞鶯歌蝴蝶拍
燕掠春陰過短墻　菊爲重陽冒雨開　猿驚鶴怨鷓鴣啼
雞母浴身沙當水　鼠無大小皆稱老　龜遊水面分開綠
猫兒洗面唾爲湯　猫有雌雄摠謂兒　蜂入花心點破紅

魚翻玉尺量江練 螢火不燒籬下草 說盡春愁雙紫燕
鶯擲金梭織柳絲 月鈎難掛殿中簾 喚回午夢一黃鸝
两馬駟重千里去字 燕落茅簷三寸墨 報客黃鸝臨檻語
三牛犇出二山來意 蝸行蘚壁一鈎銀 識人嬌馬隔花嘶

宮室

九重殿上觀儀鳳 院靜無人風動竹 瑶宮乍入金階冷
八陣圖中看卧龍 軒幽有月露沾花 寶馬初乘玉轡寒
扯破紙窓成孔子 窓外月明窓内白 金開曉鍾開萬户
展開銅鏡見顔回 水邊花綻水中紅 玉階仙仗擁千官
殿上燒香師使使 舊田廬是先人業 東林院種西河柳
堂前醉酒婦扶夫 其水丘吾童子遊 南岳僧煎北苑茶
家因護竹厨無筍 新糊窓隔渾身眼
住偶鄰僧飯有蔬 翻盖房廊滿背鱗

器用

渡船船渡渡船人 三尺劍持龍欲躍 細雨侵船帆半捲
燒火火燒燒火杖 九天韶奏鳳應朝 輕風透户幕微開
簾風颭起三層浪 棊爲手寒呵子落字 長竿夜釣瀟湘月
燈火能燒萬里城 衣緣肌瘦縮紗裁意 短笛横吹楊柳風
機邊看錦花横發 三百枯棊消永日 香印印香香屈曲
船上觀山樹倒生 十千美酒賞芳辰 燭籠籠燭燭光明
手袖袖香盈手袖 錦絡綉衣軍十萬

衣服

頭陁陁來下頭陁 玉簪珠履客三千

珍寶

醉嬿琥珀盃心凸 同人同上銅駞嶺字 萬門稚子播璵器
睡愛珊瑚枕面凹 今上今開金馬門意 翰苑才人錦綉腸

飲食

茶磨磨茶茶刷刷 炒豆不酥緣火少 共飲呉人柑子酒
藥羅羅藥藥挑挑 移倉難動爲禾多 爭嘗蜀婦芋頭羹

床頭一瓮地黄酒　父子當歸愁滑石（字）　太平有象家家酒
架上三封天子書　賓郎遠志悵常山（意）　寒食無家處處花

文史

鼠鬚筆寫蠅頭字　翰林風月三千首　馬不出圖那有易
蝌眼湯烹雀舌茶　吏部文章五百篇　麟從絶筆更無經

人物

虞夏商周稱四代　九江布合縣而王　西施莫笑東施醜
禹湯文武號三王　百里奚自鬻而相　北阮何如南阮貧
二十四考中書令　師姑田裏擔禾上（字）　包擴無才須入廣
萬八千户冠軍侯　美女堂前抱綉裁（意）　謝暉不日即充軍
陳亞有心終是惡　瞿曇晏坐三千界　廣文先生官獨冷
蔡襄無口便成衰　籛老長生八百年　少室山人價索高
江州司馬青衫濕
梨園弟子白髮新

人事

萬歲萬歲萬萬歲　無欲自然心似水　飽諳世事慵開眼
日新日新日日新　有營何秪事如毛　會盡人間只點頭
樂樂樂人教教曲（字）　投水屈原終是屈（字）　人情似紙張張薄
行行行者看看經（訓）　殺人曾子又何曾（意）　世事如棋局局新
敏則有功鷹得兎　山牽别恨和心斷　夢裏似曾来海外
勞而無怨獺求魚　水帶離聲入夢流　醉中不覺到江南
荆樹有花兄弟樂　富貴必從勤苦得　無可奈何花落去
橘林無實子孫忙　名位豈肯卑微休　似曾相識燕歸来

身體

臨堦短髮梳和月　秋水爲神玉爲骨　喧寂两途何足較
傍岸衰顏洗帶氷　美容如面柳如眉　安危一線始堪悲

通用

消磨歲月東流水
謳造愁懷北去鴻

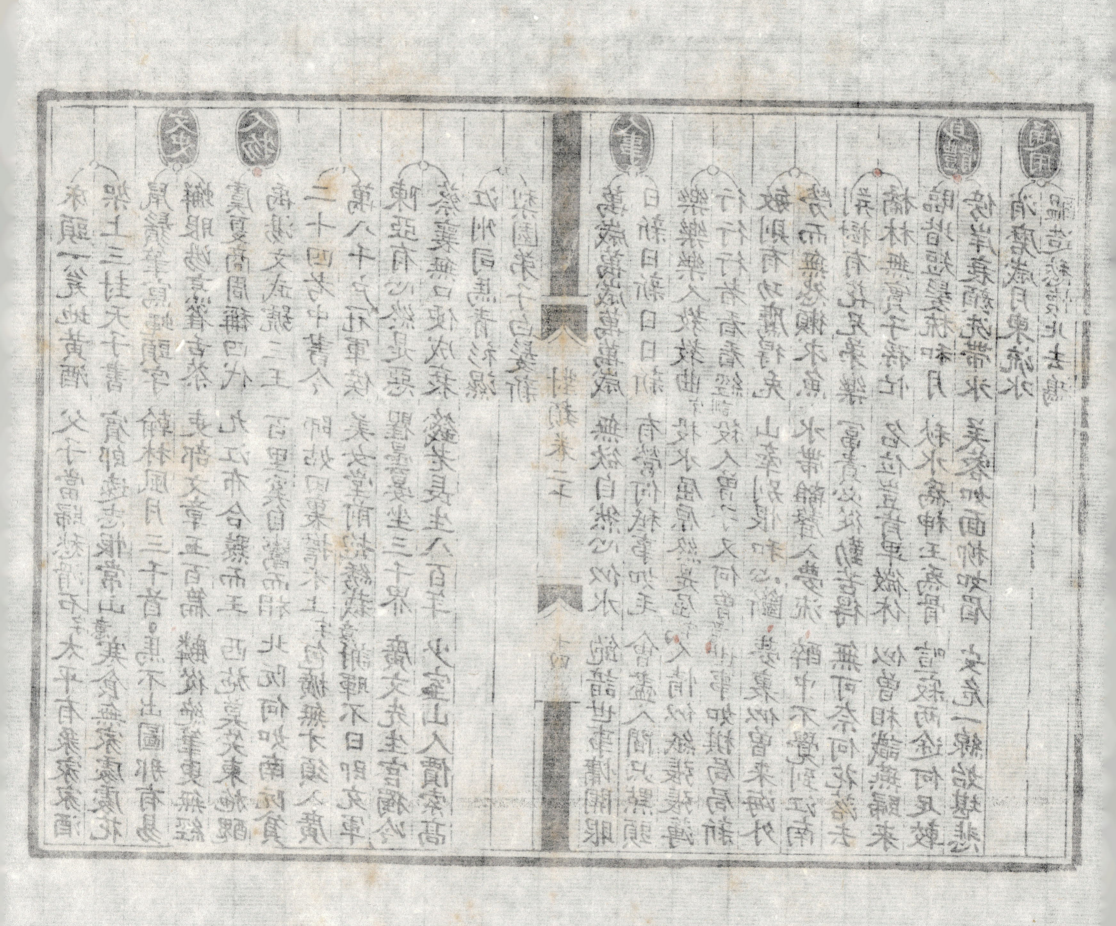

八字類

人物

東人之子西人之子　季方難弟元方難兄

南方之强北方之强　周公拜前曾公拜後

劉蕡下第我輩登科

雍齒且侯吾屬無患

人事

股肱良而庶事康哉　中養不中材養不材

上下交而其志同也　小以成小大以成大

食無求飽居無求安　學探前聖不傳之妙

行而不著習而不察　道開斯民未覺之先

文史

菁菁者莪在彼中沚毛

翽翽其羽亦傅于天詩

衣服

緇衣之宜又改爲兮

白圭之玷尚可磨也

身體

視之無形聽之無聲

迎之不有隨之不後

九字類

字意

刁大使使刀撇上撇下　老鼠上栗樹喫栗落殼

庫主管管庫點有點無　螃蠏入菱池擒菱鉗蓮

操數天管亦不失甲科　破故紙糊牕防風不得藥

挽二石弓何如識丁字　玄胡索繫臂木賊難逃名

十字類

天文

青天似水無魚月鈎空釣　日映榴花恰似猩猩之血

白露如珠出蚌雨線難穿　風飄柳絮渾如鵝鵝之毛

新月帶星銀彈弓玉彈子　秋月揚輝人在氷壺影裏

長虹貫日錦毬杖金毬兒　春山如畫鳥飛錦障圖中

月如弓星作彈難打飛禽　三竿日出已上脩竹數竿

雷震鼓電驅鞭能追妖獸　六出雪飛宜映踈梅五出

天上衆星拱北畢不忘尊　横絶銀河織天孫之雲錦

世間諸水朝東大能容細　倒翻滄海弄明月之驪珠

時令

半夜生孩子亥二時難定　一夜五更半夜五更之半

百年匹配巳酉两姓相當　三秋八月中秋八月之中

元夜燈燒銀樹錦綉紅樓　正七十齋三月不知肉味 僧書

清明雪落楊花塵埃紫陌　井九百畝八家同養公田 句意

地理

滿地苔錢難濟貧人之用　水上浮漚看倏生而倏滅

盈園木筆不堪才子之書　雲間漏月覺還缺而還圓

千千年萬萬歲皇帝乾坤　泰山喬嶽世事仰於孤高

三三曲六六峰武夷山水　長江大河人孰窺於涯涘

萬壑傾奔屹中流之砥柱　眼前一簇園林誰家莊子 借書

衆星牢落廪文夜之長庚　壁上两行文字那箇漢書 名

西湖勝景九里荷十里松

南國豐年十日風五日雨

花木

柳絮漫天未濟人間之暖　猫兒竹下乘涼全無暑氣 字

苔錢匝地難貨世上之貧　蝴蝶花間向日更有風來 意

無根蒂之浮萍長爲浪蕩　杉梓椿松檜柏六木森森

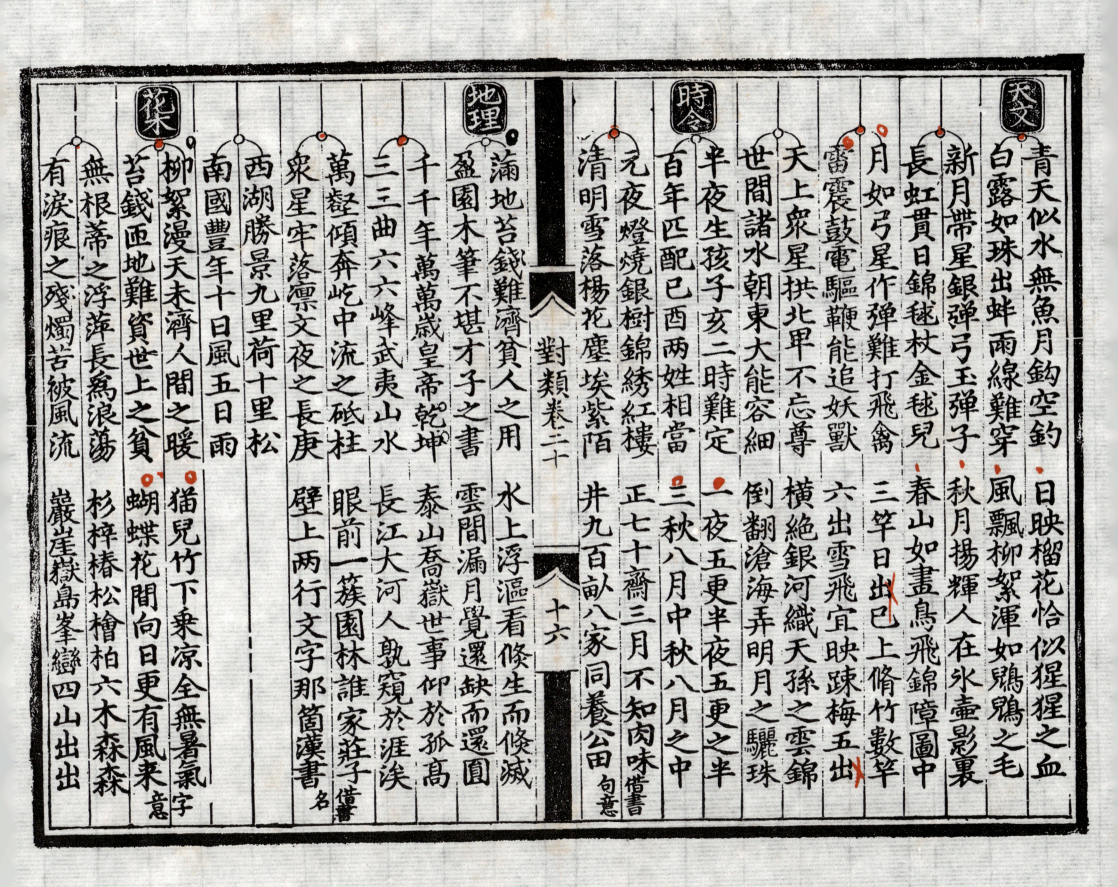

有淚痕之殘燭苦被風流　巖崖獄島峯巒四山出出

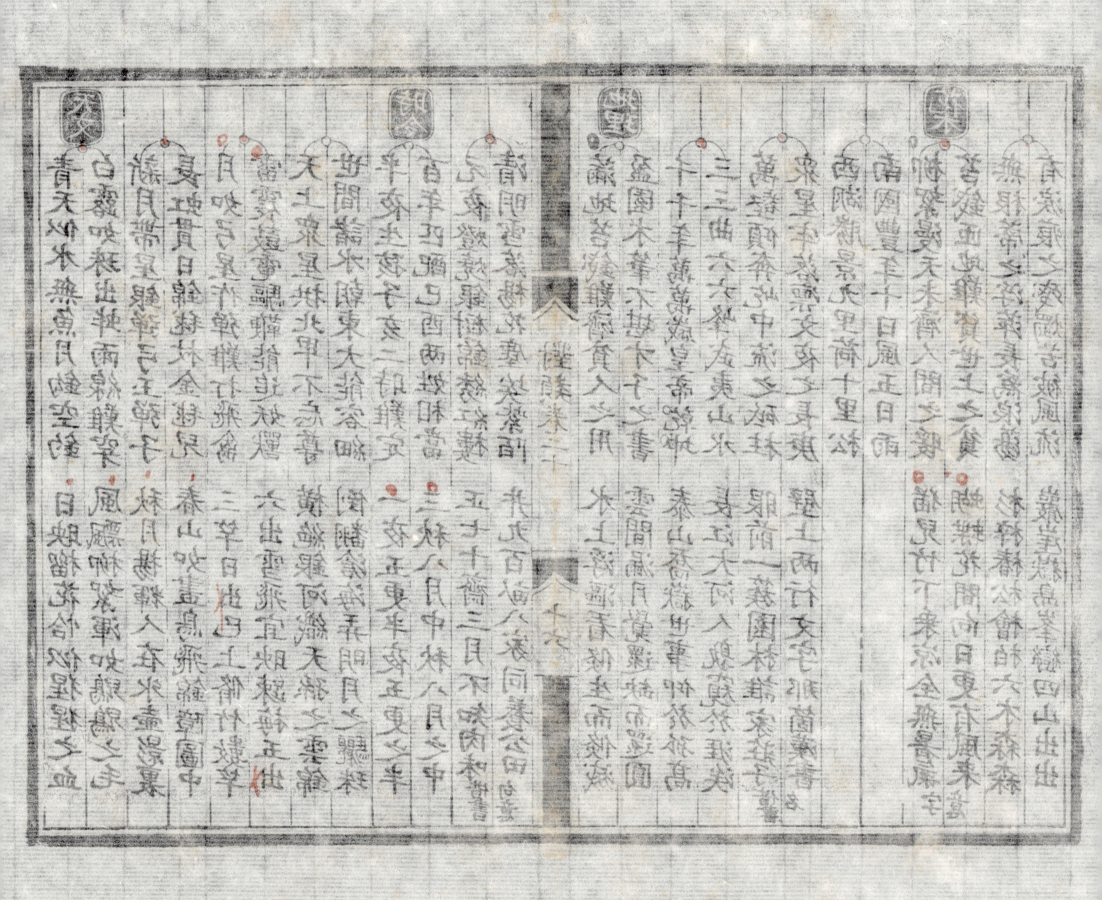

两束棘針小大尖兒無數
三車轟佈不正歪者極多

宮室

市肆屠沽大畜卦小畜卦　借　天井之中開井井底有天
櫃坊博弈前漢書後漢書　意　地樓之上起樓樓間無地
扇畫美人類姮娥之倚月　四面燈籠普照東西南北

器用

壁圖羅漢君和尚之挨巖　一年曆日悉分春夏秋冬
誦其詩讀其書謂之學矣　船尾拔釘孔子生於周末　字
張我弓挾我矢必也射乎　肚上卓筆管仲立於齊中　意
針劄紙窓透入清風一線
簾垂綉户控開新月半鈎

鳥獸

鷺過沙汀脚跡渾如个字　梁上呢喃紫燕説盡春愁
馬行泥路蹄痕有似囚文　窓前睍睆黄鸝喚回午夢

庭竹池魚一化龍一棲鳳　千里馬遇伯樂方能識也
岸花檣燕半送客半留人　一角麟惟孔子獨爲傷之
水底遊魚引隊日日奔波　鳥入風中銜出虫而作鳳　字
林間新筍成竿時時落籜　馬来蘆畔喫盡草以爲驢　意
鸛雀巢於觀角鳥見不同　麒麟閣上皆非天上麒麟
蟬殻蛻於禅床虫衣各别　虎豹關中不是山中虎豹

衣服

冠儒冠衣儒衣當行儒行
食民食飲民飲少勞民勞

飲食

昨夜飲酒太顛聲聞于外
今朝炊飯何晏餒在其中

文史

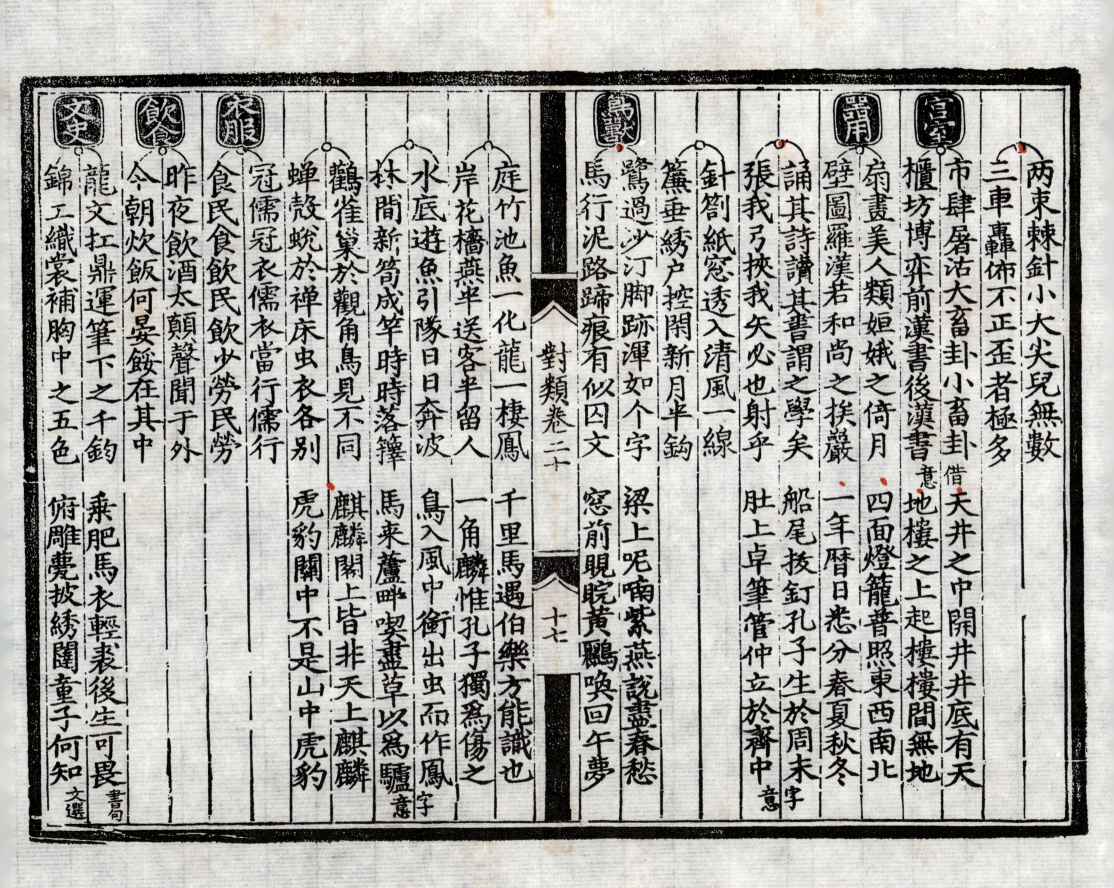

龍文扛鼎運筆下之千鈞　乘肥馬衣輕裘後生可畏　書句
錦工織裳補胸中之五色　俯雕虁拔綉闥童子何知　文選

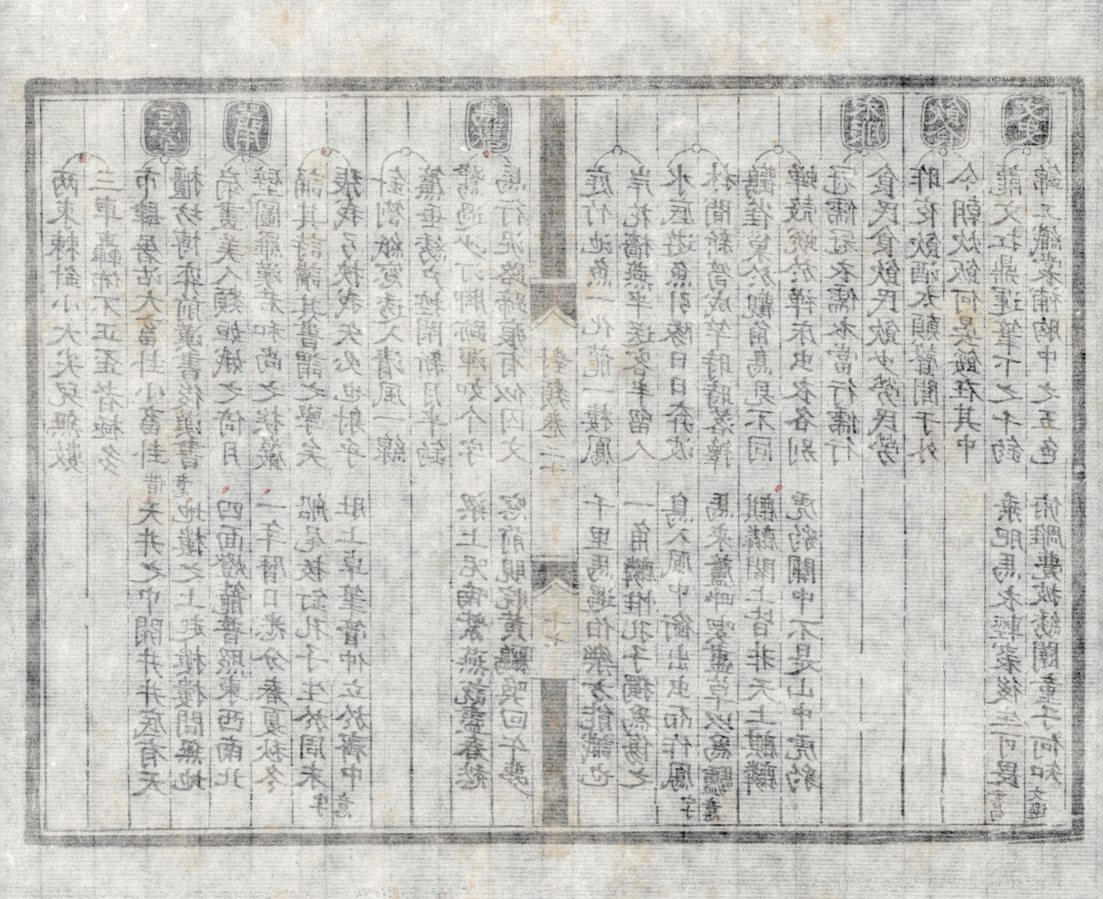

澹臺非公未嘗至偃之室　後生可畏賢者畏而愛之
仲由鼓瑟奚為於丘之門　君子固窮小人窮斯濫矣
先進於禮樂後進於禮樂
知我者春秋罪我者春秋

人物

二帝三王堯舜禹湯文武　張良建議促銷六國之謀
六官四季天地春夏秋冬　晁錯陳言請削諸侯之地
相如題柱終乘駟馬之車　生民以來未有盛於孔子
韓信升壇直作三軍之帥　天下之士豈復賢於周公
君子知柔知剛知微知彰　干木横渠由也相如達道借人
小人不恥不仁不畏不義　孟子安石望之有若賈山名意
人言司馬地位可及十分　道高德厚孔子賢於堯舜
我道包家天下只有一箇　禮備樂和成周監於夏商

行者成行行道和尚諷經　漢登三傑張良韓信蕭何
解元若解解書學生請教　舜去四凶渾敦窮奇檮杌
天下口天上口志在吞吳　父庚子子庚子父子同庚
人中王人邊王意圖全任　公姓孫孫姓孫公孫共姓
彌勒放下布袋迦攝難陀　學正不正諸生皆以為歪
觀音失却淨瓶寒山拾得　相公言公百姓自然無訟
鉏麑觸槐死作木邊之鬼拆槐字
豫讓吞炭終為山下之灰拆炭字

人事

濯足池中動一天之星月　丹青三昧奪造化之成功
掛圖壁上見萬里之江山　黑白一枰習機權之妙算
九夏勤耕必有三年之食　乘駟相如不負題橋之志
三冬苦學須憐一寸之陰　飯牛甯戚已曾扣角之歌

三公皆學須深一寸之陰　源千載成已留有前之歌
九夏勤耕必有三年之食　東西相知不負題橋之志
掛圖壁上見萬里之江山　黑白一枰習機變之策
渾天池中動一天之星月　丹青三昧奪造化之功
綠讓杏花焚遊山下之夜 非夜字
鉛筆調鷁泛舟木邊之過 非過字
鶴音朱抑淨瓶夷山移得　相公言公百姓自樂歌詠
禰物放下布袋近庸難所　學王不王諸侯以為王
入中王入逐王甚意圖全任　公姓孫姓孫公孫共姓
天下口天上口志在吞吳　父康子康子父同康
解元吾解解書學主讀效　舜去四凶渾敦窮奇檮杌
行者成行行道都高關經　漢登三傑張良韓信蕭何

欲遁家天下只有一箇　禮樂本成周盡於夏商
入言司馬相四又十分　道高德厚孔子實為帝舜
小人不恥不仁不畏不義　益于稷之有若貫山
君子知柔知剛知微知彰　下木樣由也相如達道
韓信斗壇直作三軍之帥　天下之土皆歸於周公
相如顯休齊集四馬之車　生民以來未有盛於孔子
六官四時天地春夏秋冬　晉鐵陳言請諸侯之地
二帝三王堯舜禹湯文武　張良諫復銷六國之謀
知我者春秋罪我者春秋
先進於禮樂後進於禮樂
仲由升堂於入於之門　孟子圖諸以入驕其驕矣
嘗甚非入今未嘗至偃之室　後生可畏實者成吾變之

老子燒香烟罩山前土地　馬户騎驢立占新城之站
佳人呵鏡雲遮月裏姮娥　吏人作使行吾總管之衙
龍飛壯士省元龍 胡士龍　狀元龍 陳文龍
虎賁得人殿師虎 范文虎　步師虎 孫臣虎
陶潛解印託菊逕以辭歸
曹操行軍望梅林而止渴

十一字類

天文

月缺月圓缺似梳而圓似鏡　月皎星稀飛鵲竟無棲泊處
雪飛雪綴飛如絮而綴如銀　雲行雨施卧龍還有出潛時
天作棊盤星作子日月爭光　天文照耀日月星辰是三光
雷爲戰鼓電爲旗風雲慶會　地脉流通江河淮濟爲四瀆

晏日如爐雲似火裂石焚山　風擺峰前楓葉落封盡蒼苔
抹烟似縷雨如絲經天緯地　雨飄宇後櫹花飛與埋翠草

時令

三月三日三更三點祭三皇　包金切玉人間富貴說端陽
萬國萬民萬口萬聲呼萬歲　蹟翠遺珠天上繁華是元夕
蝶使蜂媒迷彩檻歲歲春風　解力當春之農業使牛子耕
牛郎織女渡銀河年年秋夕　能勤永夜之女工剔銀燈綉

地理

滿地榆錢難買春光之九十　路有他岐可以南而可以北
漫天柳絮廣迷世界之三千　水無正性決諸東而決諸西
方丈四方方四丈南北東西
試場三試試三場詩賦論策

花木

圓荷帶雨玻璃盤内走珍珠　桃花映水一枝分作兩枝紅
嫩笋經霜玳瑁簪頭擎碧玉　荷葉貼波數點漸成千點緑

詠

嫩??書叫曰??頭?音王　行樂臨夜數聯衝夜十里繡

圍符帶雨珠盤內走珍珠　桃花映水一枝分作兩枝紅

試場三試試三場詩賦論策

文丈四方方四丈南北東西

地理

遊天下察廣達世界以三千　水無正理央諸東而央諸西

漁地猶錢難買春光以九十　路有歧而可以南可以北

千郎歲大發金銅年年秋夕　能動未有以方土包三軍籌略

蝶使蜂媒迷迷鬧鬧鬧春風　解乃當春之驚蟄夜半耕

萬國萬民萬口萬聲呼萬歲　鑑幾遺珠天上繁華見元夕

時令

三月三日三更三點祭三皇　乞命初王入門富貴欲謀勝

林烟夜深雨初綠天嫌地　雨飄守夜梅花飛與理華草

曉日初蘊寒吹火聚石英山　風漸峰前楓葉落村盡槍倉

天文

雷爲鼓電爲旗風雲際會　地脉流通江河淮濟爲四瀆

天作棋盤星作子日月爭光　天文照耀日月星辰爲三光

雲爲雲霧爲飛霧如綿　雲行雨施即龍還有出潛時

月缺月圓缺以漸而圓以漸　月皎星稀鴻鵠竟無棲泊處

十一字類

曹操行軍望梅林而止渴

陶潛解印尋菊徑以歸辭

虎有貴得入頭師虎從文虎　步頭師虎從臣虎

龍飛壯士狀元龍胡士龍　狀元龍陳文龍

佳人阿鏡弄蓮月裏嫦娥　吏人作揆行吾鄉當之斷

老子施香烟翠山前土地　馬?爲鄉之吏新我以祐

鳥獸

雞鳴而起寒窓潛未達之人　鶯入榴花似火煉黃金一點

狗吠相聞比屋盡可封之俗　鷗棲荷葉如盤堆白玉幾團

杜宇聲哀驚覺一番蝴蝶夢　斫竹編籬遮嫩筍弃舊憐新

倉庚韵巧吹成幾曲鷓鴣天　以金作彈打飛禽爲小失大

螢燈暗度引来屋角之飛蛾　蜘蛛結網轉運絲来往巡簷

蛛網高張驚散簷頭之巢雀　鶺鴒帶鈴左右翼縱横出哨

玉兎搗藥姮娥許我十五圓

烏鵲成橋織女約郎初七度

宮室

開闢遲關關早阻過客過關

出對易對對難請先生先對

器用

清涼盞引紅粧面荷葉荷花　燒殘銀燭兩行淚只爲風流

白團扇畫墨交枝月宮月桂　揺破綠舟一片帆都因浪蕩

曉鍾聲似晚鍾聲聲聞于外　對鏡佳人前面面如後面面

獨樂樂與衆樂樂樂在其中　臨池和尚上頭頭似下頭頭

飲食

醴酒怠慢穆生去必有事焉　鮑家店裏食魚包食包則飽

燔肉不至孔子行爲無禮也　料院門前量米斗量米爲糧

文史

子華使齊巫馬期問王孫賈　非道不行謂敬王莫如我者

朱雲折檻段干木請歐陽脩　斯文未喪顔匡人其如予何

毛詩三百篇曲盡風騷之意

老子五千字深窮道德之言

人物

舜相堯而禹相舜一德相傳　君子之交淡如水久而敬之

商伐桀而武伐商萬世永賴　聖人之言遠如天不可誣也

孔明佐蜀用兵標八陣之圖　蹇蹇王臣進盡忠而退補過

姬旦相周分職有六卿之號　振振君子用之行而舍則藏

雁旦相周分職有六卿之號 蘋藻名予周之行而舍則廢
孔明作蜀用兵為八陣之圖 襄襄王臣進盡忠而退補過
商伐桀而伐商萬世永賴 聖人之言遠如天不可諳也
舜相堯而禹相舜一德相傳 君子之文深如淵人而毅之
若千五千字深淺道德之言
毛詩三百篇曲盡風騷之意
文史
米雲行檻殿干木請闕賜旛 期文未要賣直人其好于向
子華使齊冉馬期問王孫賈 非道不行謂故王莫如教者
飲食
播肉不至孔子行為無禮也 料院門前量米斗量米為糧
醴酒不設穆生去為有事焉 魚家苦妻貪魚食魚則饞
獨樂樂與眾樂樂在其中 題池中旨上頭以下頭頭
曉鐘聲以晚鐘聲聞于外 麾鐘住入前面面如後面面

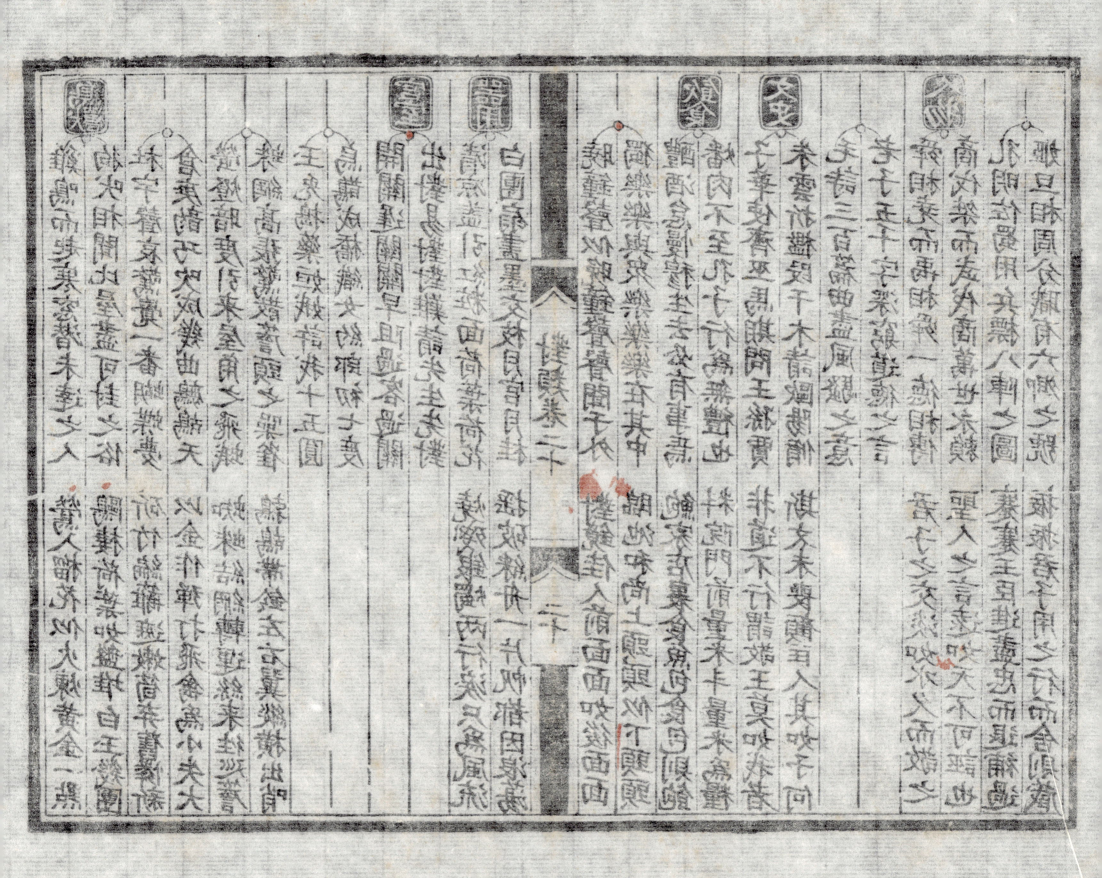

白圓扇畫墨文放貝宮貝桂 經放鞠兒一十二內都因激蕩
清涼蓋引以葉西向菜荷花 秋鍾雞鬪四行次又為風流
出對局對排請先生先對
開關逢關關早閉過客過關
泉鷹成梧缽女紡郎初七度
主客梧樂宜姝許教十五圓
米綱高張殷落層頭文渠邊 鳥鵲兼飛在右翼撲出官
遊燈暗度引來金角之飛蛾 蚊蛛結網轉運絲來往分簷
倉庚韻巧以成幾曲鶯鶯天 以金作彈打飛禽為小未大
杜宇聲哀驚覺一番蝴蝶夢 行行絲雉雞媾喈聲聲
坳坳坳相問比屋盡可封之人 周棟衝樂如鳧推白王鼓圖
雞鳴而起未落而未達之人 斧人猶尤以火煉黃金一鼎

孔夫子七十二賢賢易色　東嶽天齊仁聖帝龍鳳纒身
漢武帝二十八將將將封侯　北方真武大將軍龜蛇捧足
棄儒就釋釋迦牟尼即仲尼　孟嘗門下三千客大有同人
考古驗今今上皇帝同堯帝　蘇武蕃中十九年家人無妄
金甌覆宰相之名未知誰是　風月夜如此頗安所得酒乎
玉殿唱狀元之榜必定我先　山水得之心醒能述其文也
寒山拾得赤松子栽向東坡　漢臣三傑蕭何韓信與張良
羅隱張飛郭雀兒赶在角里　周友五人孟獻樂正并牧仲

人事

緣木求魚不如守株而待兎　宜其室家父子篤而夫婦睦
馮河暴虎豈若渡江而化龍　以經邦國元首明而股肱良
蔡倫紙上蒙恬書寫右軍書　師宿醒未醒只憑一枕好風吹
畢卓瓮邊杜氏酒傾徐邈酒　午夢方成又值三竿斜日過

獨立前溪人影不隨流水去　雞鳴賢妃有警戒相成之道
孤眠別館夢魂曾到故鄉來　關雎淑女無險陂私暱之心
人有七情喜怒哀懼愛惡欲　風虎雲龍慶千載明良之遇
經存六藝詩書禮樂易春秋　日烏月兎致四時寒暑之遷
水載舟而舟過水舟水相連
人覩鏡而鏡照人鏡人空對

數目

一生二而二生三三生萬物
上倍中而中倍下下倍庶人

十二字類

天文

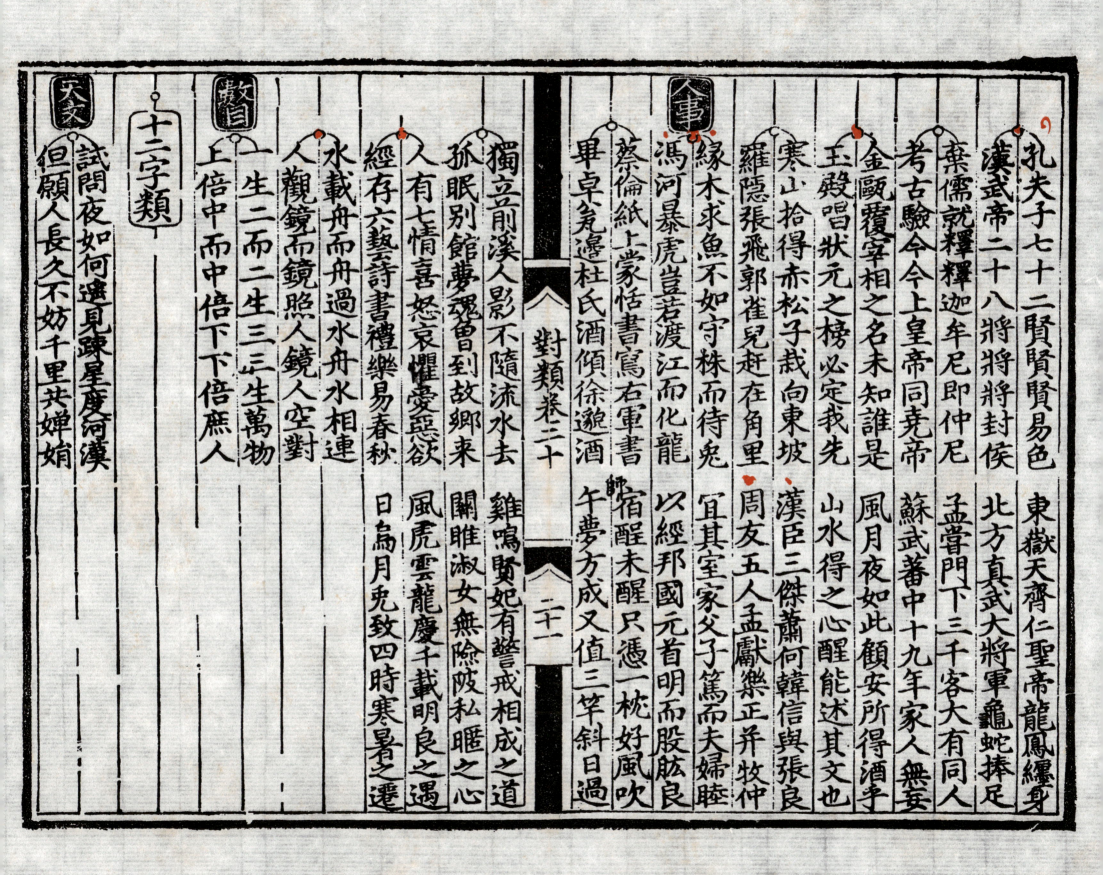

試問夜如何遙見疎星度河漢
但願人長久不妨千里共嬋娟

天文

但願人長久　不妨千里共嬋娟

試問夜如何　但見東星漸西傾

十二字類

數目

上倍中而中倍下　下倍無人

一生二而二生三　三生萬物

人觀鏡而鏡照人　鏡人空對

水載舟而舟過水　舟水相連

經存六藝　詩書禮樂易春秋

人有七情　喜怒哀懼愛惡欲

旅眠別館　夢魂留到故鄉來

酒至前溪　人忍不隨流水去

日晶月光　交四時寒暑之運

風虎雲龍　慶千載明良之遇

關雎淑女　樂陰陽和暢之心

雞窗貫記　有盤書致相成之道

人事

畢卓竟違杜乃酒傾徐邈酒　千鍾方成文直三千斛日過

爽論敘上蒙恬書寫右軍書　宿酲未醒只適一杯好風吹

渭河呈瑞虎豈若渡江而化龍　以經邦國元首明而股肱良

緣木求魚　不如守株而待兔　宜其室家　文王之所以夫婦睦

羅隱乘飛郭崔起在酒里　周文王入孟津樂正齊抹

東山格得赤松子數向東坡　漢臣三傑蕭何韓信與張良

王毅習棋元之樓必定夜來　山水得之心醒能述其文也

金陵貴寶相之人各未知誰是　風月夜如此頻安所得酒乎

昔古鑑今今上皇帝同堯帝　蘇武番中十九年家人無恙

秦儒焚籍禮迎年足即仲尼　孟嘗門下三千客大有同人

漢高帝二十八將將將封侯　北方真武大將軍龜蛇捧足

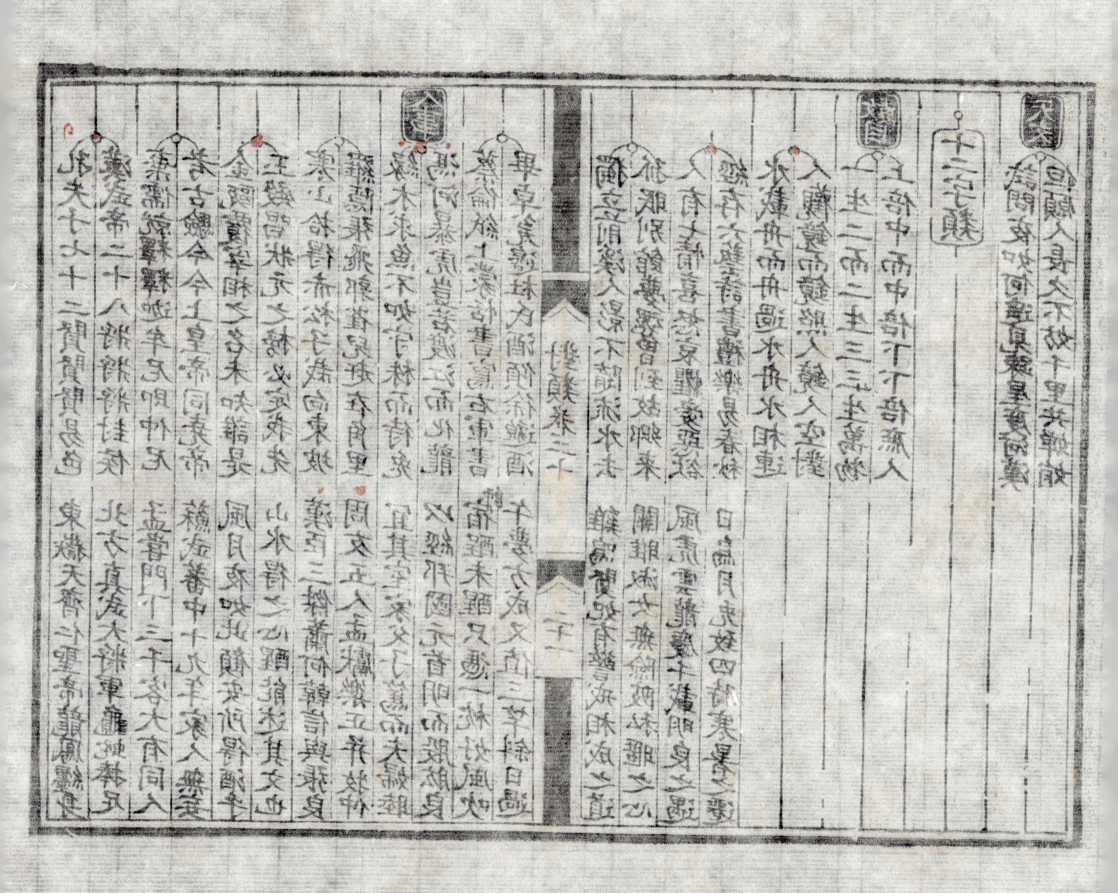

孔夫子七十二賢賢賢易色　東嶽天齊仁聖帝龍鳳纏身

地理 天下之至險也楚之水蜀之山
人間之極美者吳之男越之女

鳥獸 白鷺窺魚終日立池塘之清淺　驟駿馬於雪霜之地踏碎瓊瑤
蒼鷹伺兎移時映林木之濃深　躍遊魚於芰荷之池分開錦繡
螢火不燒墻上草以無焰而然　鴉鷺落平田黑白自然之棋局
藕絲難釣水中魚以不紡之故　麟鳳在郊藪丹青未寫之畫圖

花木 枯松掛月如老龍擎出夜明珠
小沼澄星似仙人撒下金棋子

人物 東魯至聖文宣王七十二弟子　司馬公之流水高山姑從獨樂
南無釋迦牟尼佛千百億化身　歐陽子之茅簷涼簟尚想玉堂
梁惠王告子盡心勤讀萬章書　童子執桐木撞銅鐘同聲相應
衛靈公學而爲政須還八佾舞　妃嬪著緋衣扣扉戶非禮勿言

人事 事之在我者求則得而舍則失　作爲文章揚雄相如最善鳴者
道之於身也資之深而居之安　措諸事業管仲晏子可復許乎
烈丕周武驅虎豹犀象而遠之　王母蟠桃三千年花三千年實
德懋夏王暨鳥獸魚鼈咸若矣　莊生椿樹八千歲春八千歲秋
城非不高池非不深險誰與守　天且弗違當今之世舍其誰也

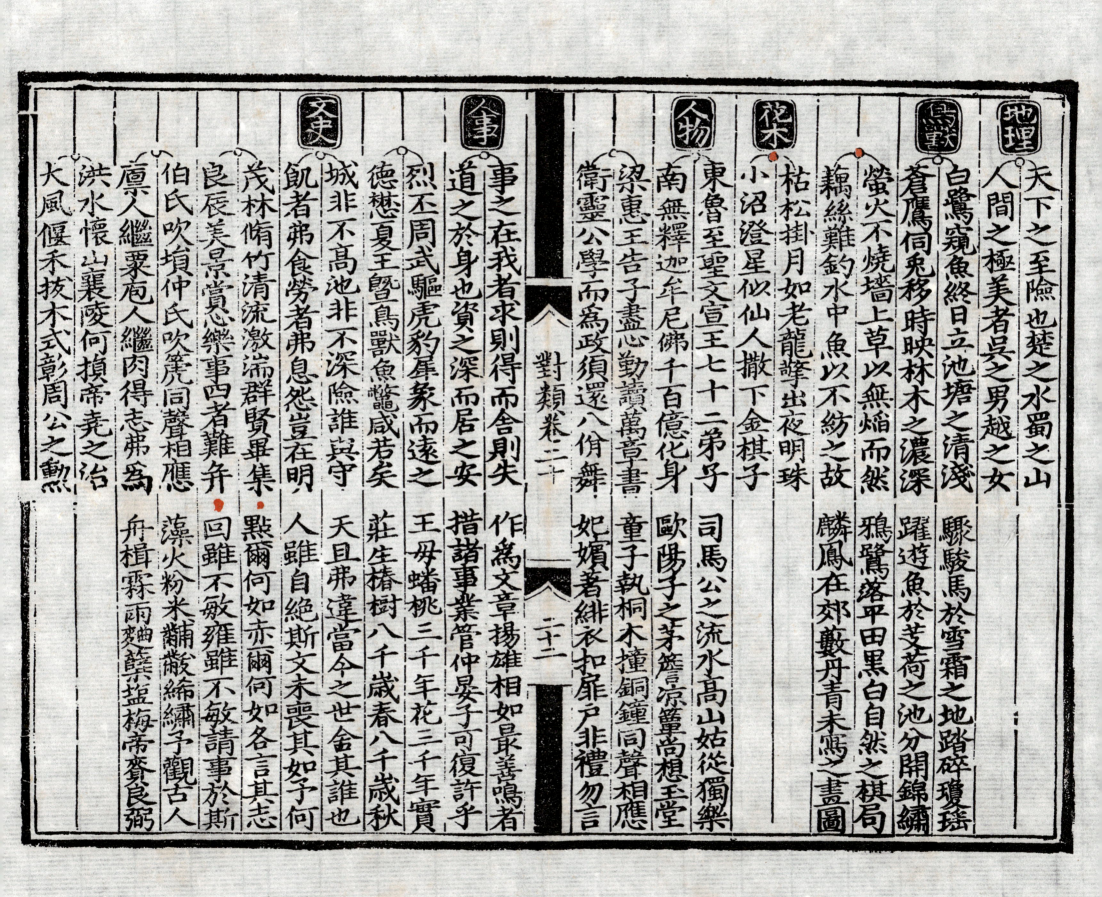

文史 飢者弗食勞者弗息怨豈在明　人雖自絕斯文未喪其如予何
茂林脩竹清流激湍群賢畢集　點爾何如赤爾何如各言其志
良辰美景賞心樂事四者難并　回雖不敏雍雖不敏請事於斯
伯氏吹塤仲氏吹箎同聲相應　藻火粉米黼黻絺繡予觀古人
稟人繼粟庖人繼肉得志弗爲　舟楫霖雨麴櫱鹽梅帝賚良弼
洪水懷山襄陵何損帝堯之治
大風偃禾拔木式彰周公之勲

大風颶木枝木大廈滄周公大樂　弁槿梧雨醉菊暗香滿

洪水橫流書義河圖帝堯文治　漢火焚秦書夢覽古人

虞人繼聚石入繼四傳帝堯之德　回雖不敢雖不敢請書於所

伯大以鳴中大吹庚同黃鳳應　鼎雖向如赤兩向如各言志

良辰美景賞心樂事西者難并　累雨向如赤兩向如各言志

茂林脩竹清流激湍群賢畢集

文章

鳳者弗食鳥者弗息於焉在明　入雖自絕斯文未喪其如予何

城非不高也池非不深也兵革非不堅利也　天旦弗章道當今之世舍其誰也

德懋夏王啓其緒則咸若矣　年生椿樹八千歲春八千歲秋

烈至周人文德之盛於斯為盛　王母蟠桃三千年花三千年實

人事

道之於身也資之深而居之安　指諸事業皆中吳子向復許子

事之在我者求則得而舍則失　作為文章揚雄相如其善者

謫遷公冶長非其罪也須悉八佾舞　況賢者繼衣而不能禮之言

況惠王舍子盡心章告子盡書章書　童子執木鐸同聲相應

南無釋迦年尼佛千百億化身　飯牛子朝天子奏楊柳曲首

人物

東魯聖人文宣王七十二弟子　司馬公之流水高山洛陽樂

花木

小窗燈星夜仙人下金棋子

枯木梅月照光梅龍蛇在夜明寐

禱蘇鐘鐘魚水中魚以不為之故　蘭鳳在郊聲丹青未遂之畫圖

瀑次不流上草以無蕊而流　鴉鷺落平田黑白流之棋局

鳥獸

倉庚同鳥時映林木之蒙深　羅遊魚於芳草適之分明錦繡

白鷺魚鴛日立池塘之清波　點緩馬於芳草精之蹄跡[illegible]

地理

入間之極美地之河源之女

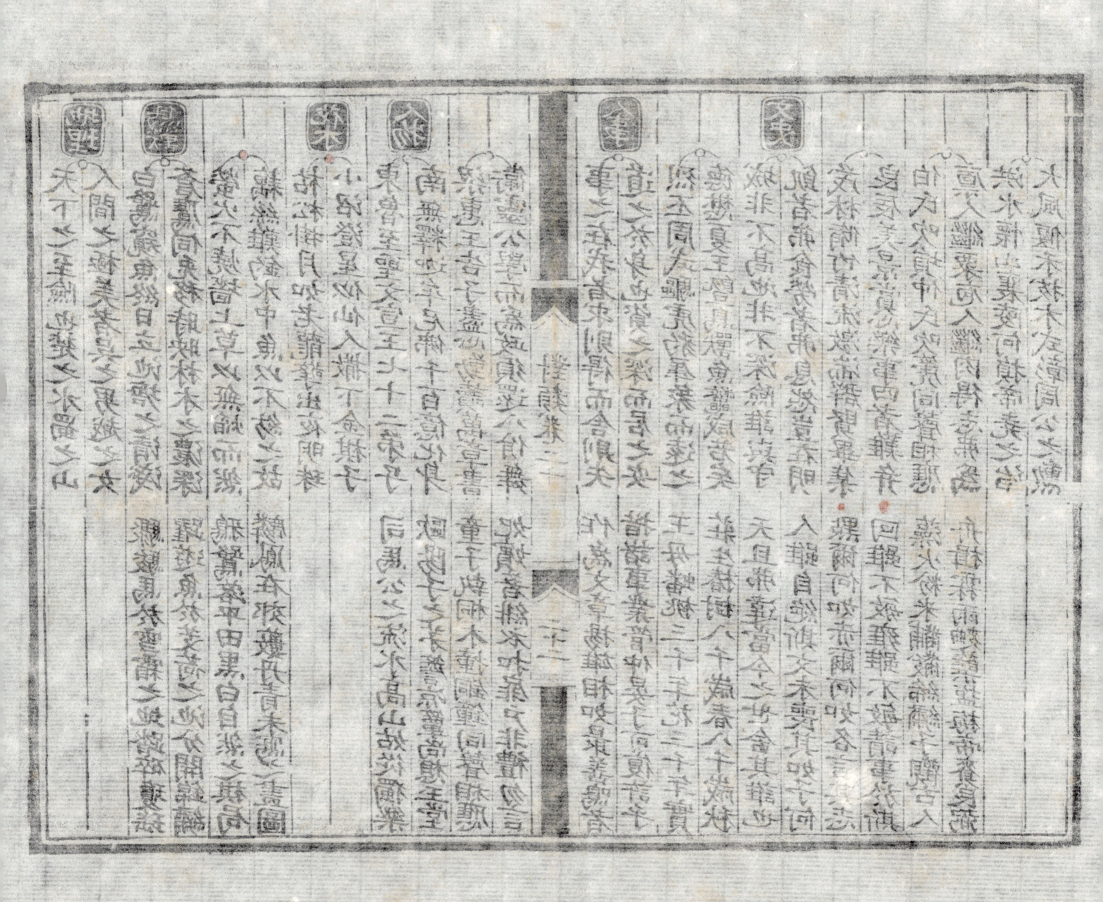

天下之至險岸之水曲之上

卦名

卦分六爻內象三爻外象三爻

杖長八尺離身四尺隨身四尺

通用

火頭燒火火柴頭打破火頭頭　外十口內十口古田戶呂何多

弓手射弓弓箭手中傷弓手手　上四心下四心寧德民心不一

周夢蝴蝶不知其蝴蝶夢周歟　太山之與秋毫初不分於巨細

人弄猢猻真所謂猢猻弄人也　滄海之於杓水本無間於淺深

十三字類

杜詩漢名士非唐朝杜甫之杜詩

孟子吳淑姬匪鄒國孟軻之孟子

孺子子房辭赤帝子從赤松子遊

大王王季生周文王傳周武王位

看看月上蒲萄架那人因甚不来

團團日照苜蓿盤先生果何所有

一箇妃嬪對月人間天上兩姮娥

五百羅漢渡江岸畔波心千佛子

長聯句類

會開三界延聖神於上間中間下間

國有一人恢疆土於百里千里萬里

夜醉長沙曉行湘水不堪檣燕之留

朝飛南浦暮捲西山將聽鳴鑾之舞

柴也愚參也魯師也辟顏氏其庶幾乎

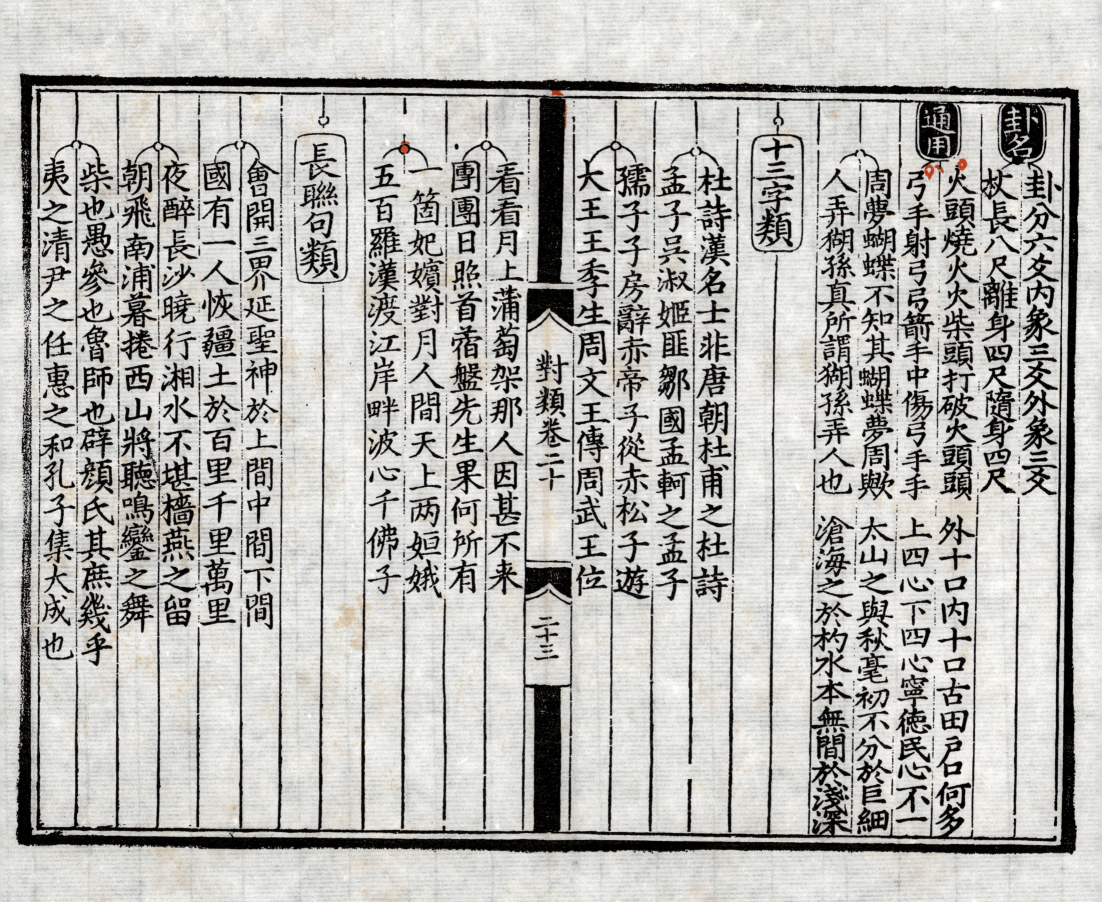

夷之清尹之任惠之和孔子集大成也

夷之清尹之任惠之和孔子集大成也

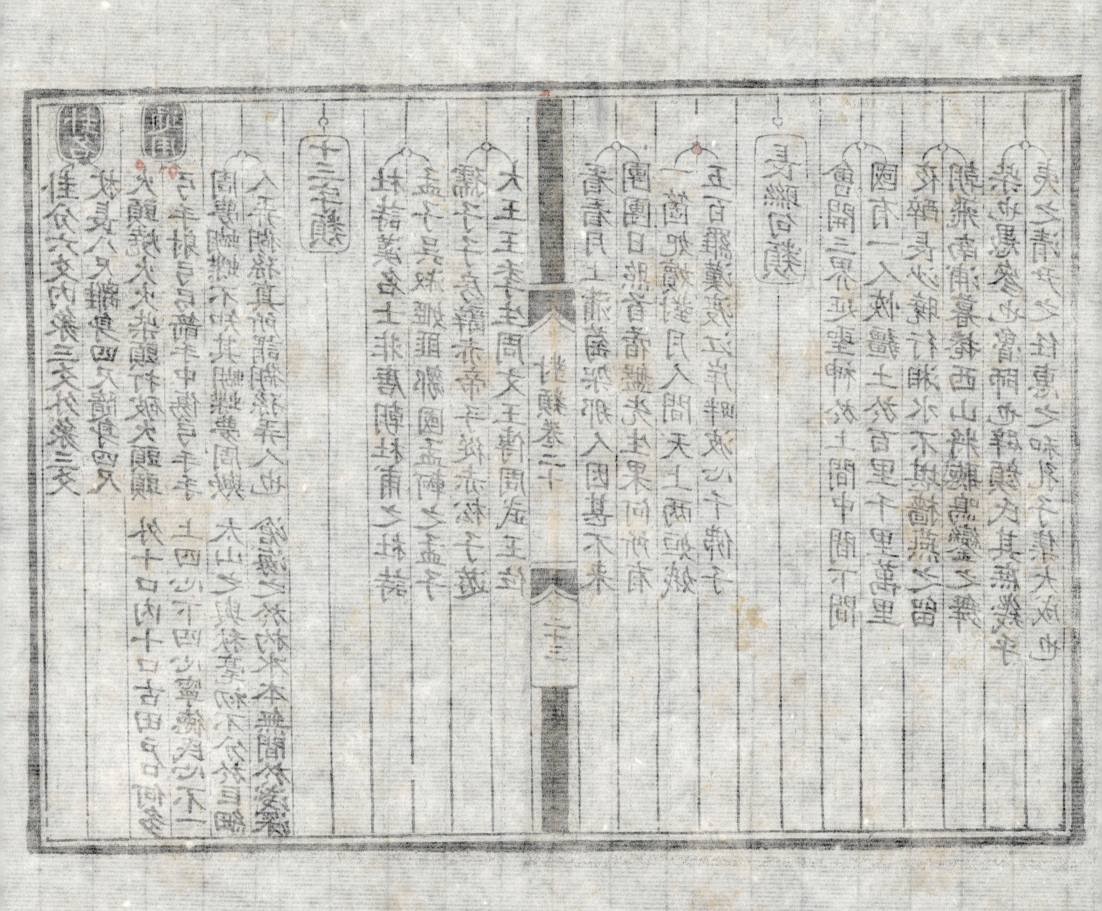

柴也愚參也魯師也辟回也其庶幾乎

朝飛南浦暮捲西山將與鶯鸞之舞

夜醉長沙曉行湘水不與蒼燕之留

國有一人咸疆土於百里千里萬里

會開三界延聖神於上間中間下間

長聯句類

五百羅漢渡江岸畔波心千佛子

一箇死僧對月入問天上兩姮娥

團團日照香盤光生果向所有

蒼蒼月上蒲團照入因甚不來

太王王季王周文王周武王位

孺子子房辭赤帝子從赤松子遊

孟子吳娃匪鄒國孟軻之孟子

杜詩漢台土非唐朝杜甫之杜詩

十三字類

入井溺孫真所謂殺身非入也　淪溺水於於水本無間於淡鹹

周興出其不知其昭蟻夢周蝶　太山之與稀藏於分於其留

頭用

丁手射己右手中傷右手手　上四心下四心聲應民心不一

火頭燒大木燒頭打破大頭頭　外十口內十口古田右固多

卦字

長八尺短八尺雖身四尺但身四尺

卦分六爻內爻外爻各三爻

典謨訓誥誓命凡百篇渾渾乎灝灝乎

風賦比興雅頌有六義渢渢爾熙熙爾

鷄鳴犬吠相聞達乎四境而齊有其地矣

獸啼鳥迹之道交於中國舉舜而敷治焉

與其進也與其潔也吾將倚夫子之宮牆

能勿勞乎能勿誨乎儻許近先生之琴瑟

東方朔西門豹南宮适北宮黝東西南北之人也

前朱雀後玄武左青龍右白虎前後左右之神乎

對類卷之二十　終

對類卷之二十 終

前朱雀後玄武左青龍右白虎前後左右之神乎

東方朔西門豹南宮适北宮黝東西南北之人也

能勿勞乎能勿誨乎讜許近先生之琴瑟

與其進也與其潔也太皆待夫子之宮牆

獸蹄鳥迹之道交於中國舉舜而敷治焉

雞鳴犬吠相聞達乎四境而齊有其地矣

風賦比興雅頌有六義風風雅雅頌

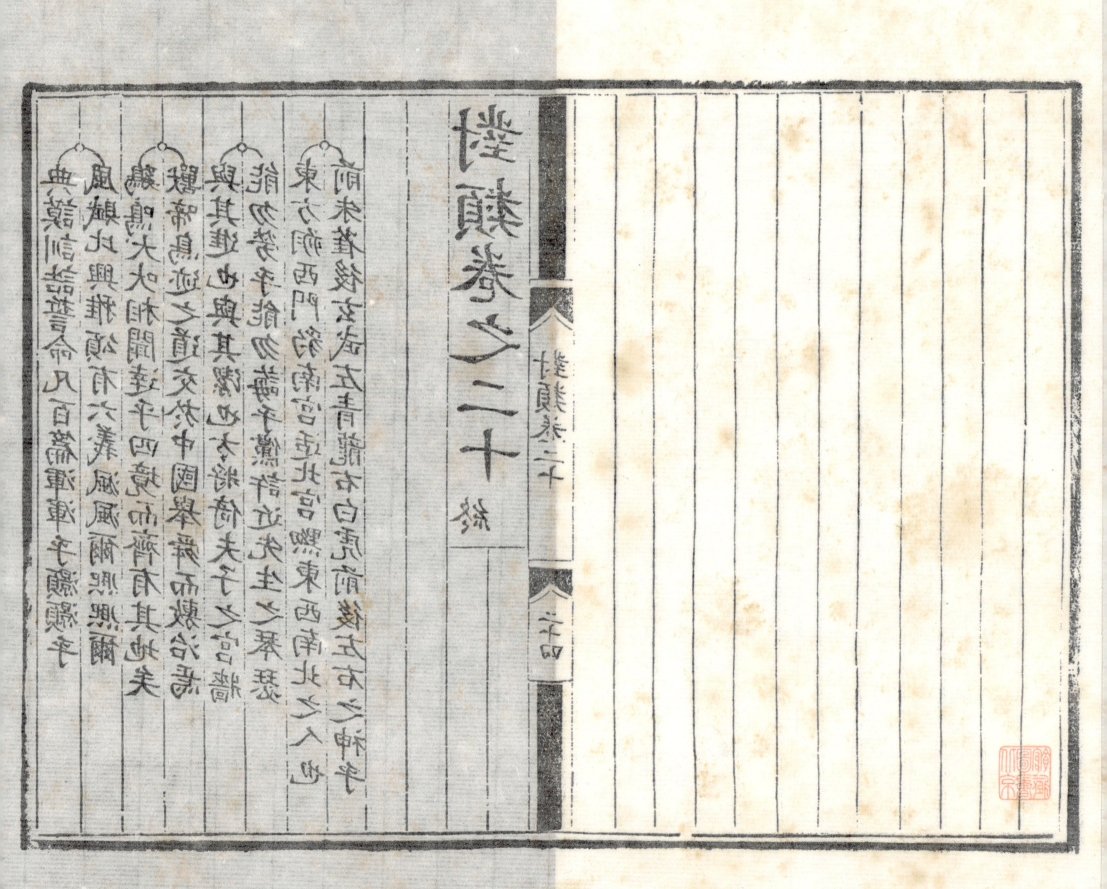

典謨訓誥誓命凡百篇渾渾乎灝灝乎